U0611377

茉莉花蓝调

Jasmine Blues

[塞舌尔]菲利浦·勒加尔／著

Philippe Le Gall

周浩／译

中国商务出版社

图书在版编目（CIP）数据

茉莉花蓝调 /【塞舌尔】勒加尔著；周浩译 . —北
京：中国商务出版社，2015.4
ISBN 978-7-5103-1269-4

Ⅰ.①茉… Ⅱ.①勒… ②周… Ⅲ.①短篇小说—小
说集—塞舌尔—现代 Ⅳ.① I429.45

中国版本图书馆 CIP 数据核字（2015）第 078907 号

茉莉花蓝调
Jasmine Blues

【塞舌尔】菲利浦·勒加尔 / 著

出　　版：中国商务出版社
发　　行：北京中商图出版物发行有限责任公司
社　　址：北京市东城区安定门外大街东后巷 28 号
邮　　编：100710
电　　话：010—64245686 64515140（编辑二室）
　　　　　010—64266119（发行部）
　　　　　010—64263201（零售、邮购）
网　　址：http://www.cctpress.com
网　　店：http://cctpress.taobao.com
邮　　箱：cctp@cctpress.com，cctpress1980@163.com
照　　排：诗雅颂印务有限公司
印　　刷：北京京都六环印刷厂
开　　本：880 毫米 × 1230 毫米　　1/32
印　　张：7.875　　　　字　数：116 千字
版　　次：2015 年 5 月第 1 版　　2015 年 5 月第 1 次印刷

书　　号：ISBN 978-7-5103-1269-4
定　　价：35.00 元

谨以此书献给我所有来自浙江省的朋友们，感谢你们一路指引我发现里美山这片天地：

陈长兴	陈英芳	陈 雷	陈 云
陈钢亮	蒋菊蓉	陈 上	刘根富
蒋菊青	蒋陆军	虞向东	邵建萍
何允辉	何俊斌	金建民	何烈辉

本书作者向下列在此书出版过程中给予宝贵支持与帮助的友人表达由衷的感谢：

中国文联副主席 天津大学教授 冯骥才

中国国际友好文化节组委会秘书长 崔永安

奥加美术馆馆长 李英杰

中国商务出版社副社长 崔 笃

周 浩（翻译）

沈 燚（编校）

巫 迪

李欢欢

序

真正的交流和美妙的外交

冯骥才

这是一本令人惊讶的书。一位来自万里之外的印度洋上的塞舌尔人，写了一部纯粹的中国浙东乡村生活的小说。它有点不可思议，但它现在正散发着油墨的芳香摆在我们面前。它就是菲利浦·勒加尔先生的新作《茉莉花蓝调》。

描写中国的文学大多是随笔或游记，小说极少，尤其是非洲作家，几乎闻所未闻。为什么？因为小说是纯粹的创作。它要创作出这块土地上活生生的有认识和审美价值的性格人物来。它的前提，是对这块土地与人民的熟稔、理解、关切、热爱。读了《茉莉花蓝调》，你会感到费解，是什么力量使遥远的勒加尔先生的笔尖能够深入到浙东那座山村的历史时空里，深入到千百年人文积淀的风习中，深入到一群性格各异的人物的心灵中间，去探讨人类共同的话题——人性及其价值？

是缘于作者多年驻华的特殊外交经历和他的文学禀赋吗？

是缘于一次又一次对村落深入的口述调查吗？

读过这本书就会看到，这更是由于他对古老中国及其深邃的文化的偏爱，还有将友好和交流作为己任的外交官的责任感。据说，勒加尔先生这部书首先要在中国出版，给他的中国读者看。对于作家的他，这是一种真正的文化交流；对于外交官的他，这又是一种美妙的外交。当然，这种外交不是谁都能做到的。

我作为勒加尔先生的中国朋友和作家同行，对这部小说的出版表示高兴与祝贺。

2015 年 4 月 2 日

目 录
Contents

001 / 序

001 / 第一章　黑　蛇

043 / 第二章　石　阶

095 / 第三章　大　雾

143 / 第四章　师　徒

181 / 第五章　鸳　鸯

211 / 第六章　象　龟

第一章

黑蛇

在这世间，是孩童首先体会到动物的心境，还是动物首先捕捉到孩子的情感？

如果一条蛇成为这个问题的答案，那么想必会有一种心绪涌上许多人的心头，也许这个孩子与蛇的故事发生在遥远的过去。然而，对于老何来说，他在童年岁月里曾经无意中撞见一条蛇的这段往事，可谓令他毕生难忘，因为即便在五十载之后，他仍旧能够对当时的情形娓娓道来。这个故事，还要从他走向通往村庄的古老石阶说起。

那道古老石阶的起点上，是一块最大的、并不高出平地的石块，彼时还是小何的老何，望见在这块石头的中央，盘踞着那条蛇。在村子的入口，它用一种

像极了日本士兵常常在营帐周围所点燃的那种蚊香的模样，盘踞在第一级石阶上。

小何在那一刻不禁想到，如果在那条蛇的尾巴末端点上一把火，它会有怎么样的反应？也许直到火焰将它完全吞噬，它都会像村里那些与世无争的老人们那般无动于衷——除非有一阵风刮过装点着公共洗衣房前空地的百年老樟树时，才会引起他们一阵充满了好奇心的骚动。这棵百年樟树有三十多米高，树身的直径大约有一米来长。当风儿猛烈地击打着繁茂的枝叶时，老人们便会眼望着摇曳的树叶发出沙沙的响声——这便是他们即便扭酸了脖子、弄酸了老腰，也都从来不愿错过的景致。他们甚至会一连数个小时都端坐在石凳上，目睹猛烈的风一阵阵吹过，逼迫老树发出吼声，并且像丝绸衣裳上刺绣的龙那样扭动着自己的身段。当然，他们在每一个新春佳节和中秋之夜，都能够看到在庆典上助兴的竹制龙也是这么身姿摇曳的。他们也一定记得老子所写下的那段绝妙文字——合抱之木，生于毫末。他们也会寻思着，倘若有朝一日树木也终于垂垂老矣的时候，它便不会再生出新的枝干，更不会再结出新的果实了吧。他们与其说是在追随着风儿的脚步，倒不如说是在感慨自己的年华似水了，尽管已经度过了无数个春秋，尽管它的树汁依旧肥美而丰盛，新发的枝芽仍旧是那么脆弱和敏感。他们同样遐想着，如果有一颗种子，悄悄地在满是淤泥的陡坡上生根发芽，那么有朝一日，当它长成大树，并且与身边的树木竞相比高，甚至挑战着天空和云彩的时候，那该是一幅多么不可思议的图景啊！

……

小何想要慢慢地走近这条身形巨大到令他诧异的蛇，它究竟有多长啊？

他记得自己曾经听母亲讲述过，有一位走南闯北的针织品商人，曾经走遍了他们省里的各处，把一些劣质的小饰品以高价出售给他人，同时又廉价地从农村妇女那里购买她们所绣制的饰带——饰带上面的图案大部分时候是蝴蝶、蝙蝠这些美丽吉祥之物，有些时候也会是鱼儿或无穷无尽的结。小何的母亲则向他推荐了一款橙色的丝带，那条丝带上缠绵着茉莉花，然而商人却用一种近乎残酷的方式进行着自己的讨价

还价，至少对如此精美雅致的针绣来说，这般讨价还价未免过于冷酷了。

为了能够使商人放心，她解开了这条饰带。饰带上优雅的装饰，也令心满意足的针织品商人在嘴里轻轻地哼起了小曲：

好一朵美丽的茉莉花

好一朵美丽的茉莉花

芬芳美丽满枝桠

又香又白人人夸

让我来将你摘下

送给别人家

茉莉花呀茉莉花

是这样了，这条蛇的身长无疑就和那条饰带相差无几吧……大概就两米不到的样子。随即小何却又改变了自己的判断，这条蛇的长度不会超过一米五，也就是说蛇的身长和自己的身高差不多，和那条绣有茉莉花的饰带约莫一样的尺寸。

那一年，小何十二岁。他出生在 1929 年，也就在那一年，中国的河南、陕西、甘肃地区，遭受到了大饥荒的无情摧残。当然，小何他们一家并未受到波及。他祖父的黍稷和小麦生意在这年正欣欣向荣。而他那颇有些学识的父亲，则告别了自己做着针织活儿的妻子，来到了杭州城里，干起了一份工头的活。那时候的杭州，正在筹备着一次国际展会，后来这次展会仅仅在 1929 年这一年，就吸引了两千万的游客。

小何不由地想到，这条蛇也许和自己年岁相仿吧，霎时间一个念头从他的脑海闪过，既然如此，何不将它当作是自己的玩伴呢？

于是，他慢慢地靠近蛇儿，而蛇儿也笔直地站了起来，发出某种奇怪的声响，听上去既像是吹口哨的声音，又像是嘶嘶之声。随即，蛇一下子绷紧了自己的身子，似乎立时就要让自己的身体冲出去一般，至于小何，也毫不惧怕地做着相似的动作。

如此千钧一发的场景究竟会如何收场，一个少年和一条蛇，到底谁会在这场对峙中成为赢家呢？

也许在常人看来，这样的一场对决下，涉世未深的少年一定会刹那间六神无主，感觉自己的身子就像是栗子树的花一般，在风的吹打下不知所措。然而这

一次却并非如此。

令人颇感意外的是，蛇首先选择了躲避，用它掠食性动物所特有的敏捷，老练地一溜烟离开了。如此这般，这场不期而至的相遇便画上了句号。

而小何呢？他不过若无其事地抱膝而坐罢了。

……

这段轶事很快传遍了整个村庄，孩子是不会撒谎的，至多也就会对蛇的身长和它落荒而逃的场景夸大其词而已。不久之后，整个村子便因此事而骚动起来，所有人，无论是年轻人还是年长者，都用自己的方式在诠释着这段口述的故事。当然，问题也如雨点般地接踵而至，降临到了小何头上。

这是一条白蛇？是一条青蛇？是一条白里带青的蛇？或者说是一条青里带白的蛇？

事实上，这便是村民们最本能的思维，他们一开始总是在心下细细地掂量着，如此的怪事是否可以用那些古老的神话传说来加以解释，随即，当他们意识到，倘若白蛇传奇里的全新篇章是由他们的村落作为故事的起点，那该是一种多么无上的荣耀啊！

对于人们绵绵不绝的问题，小何是这么作答的，当他发现那条蛇时，正值白天，而蛇的模样似乎有些反光，看样子蛇身应该更接近黑色……

黑蛇！看来求问卦象是在所难免的了。

但是，应当向谁求签呢？

大家一致决定，一道去村里的祠堂里求解，那祠堂离民居也只有少许的路。到了祠堂之后，所有人都恭恭敬敬地俯伏在供奉土地的守护神——土地公的台前。

村民们对这个榆木雕刻而成的小小土地公雕像倍感自豪。在雕刻家的刻刀下，它活灵活现地展现出了土地公无比和蔼慈祥的形象。这种和蔼和慈祥，也令得热心的祷告者倍感亲切，甚至某些人在面对神明时都不再表现得那么拘谨了。

求问的声音也逐渐更加响亮起来，这也是为了让村民们不要在土地神跟前表现得如此放肆。一直以来，土地公都被从早到晚地烦扰着，有时候甚至在半夜三更都不得不对求签者的求问做出"是"、"否"，甚至是"也许吧"这样含糊其辞的回答，尤其是当他们并不真正需要某个确切答案，或者对土地公能够理睬

他们就已经心满意足的时候。

如今，社会法令的施行已经令中国人的劳作时间大大缩减，但更具现代意识的观念绝不会鼓励大家用这些多出来的时间去求神拜佛。因为人们已无暇去追求永恒的事物，尽管它如此令人垂涎三尺，毕竟成天待在办公室里，不会有那么多闲工夫。

然而在农村，人们并未像城里人那样附和这种革命性的看法，不过村民们也并没有争辩好强的天性，去为神明们的天职所在展开辩论。

人们不仅对土地公公毕恭毕敬，同样也对他满怀爱意，在村民们口中他总是被亲切地唤作"爷爷"，至于其他的，恐怕也并不重要。

……

村长洋洋洒洒地发了一通言，伴随着人们对这位年长智者完完全全的心服口服，阵阵"噢"或者是"啊"的响声在人群中不绝于耳，以此表达对村长的由衷赞美之情。

他说到了母鸡、驴子、鸭子、鱼儿甚至是家猪，这些也令这个小村落充满骄傲，尤其是村长自己家中便豢养着一口大母猪。

这头恰好在秋分之前出世的母猪，有着一个充满了诗情画意的名字——饕月，因为在它出生的那会，月亮恰好是一年里最圆的时候。村里的孩童们，从它降生的第一个月开始，就用上好的芝麻月饼和豆沙月饼作为它的饲料。

在其他的某些村子里，人们确实会将蛇作为家畜来饲养，一方面对于蛇毒的药用价值大家都深信不疑，另一方面蛇肉同样也是美味佳肴，尤其是烤蛇肉还有蛇羹都远近驰名。同样的，当人们品味米酒和谷酒的陈酿时，它也能令酒香更加经久不散——这些家养的蛇类并不会给人们的生活带来滋扰。然而在这个被唤作里美山的小镇里，人们记忆中还从来没有谁是做蛇类生意的，更没有过某个村民和蛇发生接触的事！与人们的生活朝夕相伴的，是鸡啊、驴啊、鸭啊、鱼啊，还有猪啊这些品种的家畜家禽，这便是村民们共同的生活方式了。

至于其他的动物，村里是根本不豢养的，不管它们是带着羽毛的飞禽、毛茸茸的走兽，还是带着鳞片

的两栖类！

　　磨刀匠不由地闲话起来："他今天还真唠叨。"

　　"谁啊？"一个农民听他这么一说，不由地发问道。

　　"当然不是土地爷爷啦……土地爷爷可总是静静聆听别人在唠叨的！不……是村长！"

　　"老头子就是如此，倚老卖老、自行其是！"一位私塾先生一边走近人群，一边发表着他的高谈阔论，随即他便压低了自己的声音，"可是自从南宋开始，只有那位名满天下的诗人陆游，他的自行其是才能够妙笔生花，而不至于沦为笑柄。"

　　"掂量掂量现在我们听到的那些东西吧，简直一成不变！"磨刀匠有些夸张地模仿着私塾先生的那种口吻，用挖苦的语气如是附和说。

　　私塾先生显然有些被激怒地回击道："磨刀匠啊，你说的话，简直就要比我们委托你打造的刀具和剪具更加锋利。我曾经听到过这样的说法，每一个你曾经落脚过的村庄里，那些你到处散布的流言蜚语就是你到此一游的最佳标签了！"

　　私塾先生这失态的举止，把磨刀匠也逗乐了，然而他的笑却不带一点的声响，直至最后当笑脸渐渐褪去，一个干瘪瘪的傻笑，才发出了如同人们把刀片赶紧收入小折刀时一般的声响。

村长继续着他的发言，话语中不时带着轻咳之声："经过了深思熟虑，并且求问了先人的意思之后，我建议现在我们静观其变，并且切勿把这件事情张扬出去，还有就是我们别再去走那道石阶了。"

村里的白痴举起了手：

"你好，你好，你好，我是村里的白痴……"

村长打断了他的说话：

"很久以来我想要让大家为你起一个新的名字，而不是一直把你唤作是'村里的白痴'……好吧……那么我们现在就听你怎么说吧，白……"

白痴："我喜欢种植西葫芦，而且比起南瓜，我要远远更中意笋瓜。"

村长："嗯，这些我们都很清楚了，不过为什么你对笋瓜如此情有独钟呢？"

白痴："因为孟姜女是从大笋瓜里诞生的，而不是小南瓜，这些所有人都知道……这样的奇人势必能引起大家的注意……而我也一直都想要当爸爸！"

"我明白，我明白，"村长一边说，一边抚摸着

自己的胡须，然后他又继续道，"可是这和那条蛇又有什么关系呢？"

白痴："这绝不是一条普通的蛇……"

村长："是啊，这也是所有人都知道的事情！"

白痴："对于我将笋瓜园变成产房的愿望，它恐怕并不特别乐意，因为婴儿的哭声会令它不快，而且如果孟姜女的转生是以一个笋瓜的样子……"

"不，是从笋瓜里呱呱坠地！"村长纠正了白痴的话。

"对对对，总之如果那个婴儿——也就是我的孩儿——放声大哭起来，那么山峦就会震动，继而塌陷下来。而这条蛇，便是山之灵气的化身！我们之中的任何人，都无法承担将其从沉睡中惊醒的后果。土地爷爷不会反对我说的话吧！"

他们向所有的雕像都瞅了一眼，土地公并没有表示。他和蔼的面容，还有慈祥的眼神，总是凝固在雕木之上。随即，人群便整齐划一地首先向左侧踱了一步，又朝右边走了两步，试图换一个角度去观察土地公公那恬静怡然的脸，并且确信无论是"然"或者"不然"的回答，都没有出现在他的脸庞上。

"你们都明白了吧，这便如同公共洗衣间的水那样清澈。当然啦，是村长在夜黑风高、不见月色的时候，把他的母猪牵引到洗衣间洗澡之前的水！"

"饕月跌到池子里的时候！"耐不住的磨刀匠又叫起来，一边叫着，一边偷眼望了望私塾先生，后者看来对这件事情倒是毫不在意。

此时此刻，村长感受到了一股显而易见的敌意。事实上，他频频地将自家的大母猪带到洗衣房来，可不是像大部分的村民那样，仅仅为自家的家畜麻利地清除身上的泥垢而已。他们带着自家的狗，或者是村里的女人们陪伴着自己那没出息的丈夫，从庆祝桃子、杏子还有李子的丰收季开始或者结束的宴会中醉醺醺地归来。里美山村的村民们，向来为自己村里能够出产如此多汁甜美、令人心醉的水果而倍感自豪。

饕月从来不是，今后也不会是一头寻常的猪！不过在这样的场合下，这么解释的后果只会更加糟糕。如今首先要做的无非就是平息气氛，先要平息村民们的不忿，随之还有山神的愤怒。

村长缓步靠近土地公，然后他几乎将自己的脸贴

在了土地公的脸上，仿佛只有他们俩之间在互相交谈。随即，他又发话了：

"村里的白痴啊，从今天开始，你就是'村里的天才'了，而我们以后也会如此称呼你。"

如此天上人间般的落差不免令一些人感到诧异，然而既然这个日子里实在已经发生了太多的事情，甚至这些传闻无疑将在几个星期的时间里都会成为村民们津津乐道的谈资，在其他情形下一定会要求有个说法的人们，此时却都沉默不语地静观事态的发展。

当村长看到仅仅用了小小的代价，便重新树立起自己威望时，他便继续着自己的讲话：

"从今天开始，凡是种植笋瓜的，都千万不要去招惹不怀好意的眼神，我们不要吸引任何人群围观，并且对各种匍匐而行的、钻地而行的，还有最糟糕的……飘然而行的东西时刻提防小心！我们一方面不能激怒山里的神灵，另一方面也不要鼓励他们来登门拜访，至于和他们交朋友这样的想法，一定要从脑袋里撇得干干净净！我想土地公也没有更多要说的话了，所以大家就各归各家、各干各活吧！"

此时此刻，饕月的身上黏满了蛇的口水，然后被慢慢吞噬掉的情形，已然令村长倍感惊恐了。

……

　　翌日，刚刚放学不久的小何，便独自一人踏上了前往石阶的去路。

　　至于此行的目的，他没有告知任何人。

　　他的那位刺绣女母亲，倒是和天下间的其他母亲一般，敏感地估测着儿子的意图。只有在面对自己丈夫的时候，女人们才会表现出狡黠机灵的一面，而在自己孩子们跟前，她们则从不耍花招，尤其是当孩子们的意愿比她们更加强烈的时候，她们也会放任自流，因为她们认为这样做会令让孩子从生活中学会东西，获得力量，甚至也许是智慧。对于一位母亲来说，对孩子的顽皮行为睁一只眼闭一只眼，这种默许态度就是爱孩子的最完美证据，尽管这么做不能随时陪伴着孩子并给予他指导，毕竟与说教相比，聆听孩子讲述他的探险更需要母亲对孩子的宽容。当老何回忆着这段往事时，嘴角边泛出了一丝愉悦的微笑。

　　他在一处池塘边上停住了自己的脚步，并且在那

里他抓了只青蛙，勉勉强强刚够塞进祖父遗赠给他的蚂蚱盒里。小何思忖着，这蛇儿会更加喜爱蜥蜴、蛋还是一只青蛙呢？一开始他想要抓到一只神奇的三脚青蛙，随即又改变了主意，觉得无论是哪种青蛙都没问题。因为那时的他，想到了村子里的一个古老传说，一位村长的妻子欺骗了自己的丈夫，偷尝了一些寄存在他那里的长生不老仙桃，然后就飞向了遥远的月亮。然而她并没那么好命，被触怒的神明，无力剥夺她长生不老的能力，因而只能将其化作一只青蛙——也就是如今的双足青蛙。因而当人们没有仙界的祭品时，便会给蛇送上青蛙作为祭品，以其祖先长生不老的古老传说为象征，来毕恭毕敬地献上长寿的祝愿。他不由地想到，起码这青蛙会令蛇儿延年益寿吧！

至于蛋，他也听别人说过，象征着一片混沌。因为当开天辟地尚未完成时，那便是世界的形态，不过具体的故事他也记不太清了，总之这个并非吉祥的象征也许会触怒蛇儿。至于向蛇献上一条蜥蜴——也就是一条体形微小的龙，会令蛇倍感恼怒的。

小何满心欢喜，向着石阶一路小碎步疾走。

此时此刻，乌云就像是锅里的蟹汤冒着泡泡一样，已经在小山村的头顶上聚集了起来。

仰望着天空，小何不禁回忆起了自己看到池塘里螃蟹时的情景，心想也许那时候，自己也应该抓只螃蟹来，那个臭和尚法海的灵魂，便寄居在那些走起路来歪歪斜斜的螃蟹的蟹壳里。在里美山这样的小村落里能否找到一只笔直走路的螃蟹？这样的机会实在是微乎其微！不过也许在临近的村落里会有吧，那些村子里的人可坏了，每当美丽的收获季节到来时，他们便会肆无忌惮地来这里，拿走那些根本不属于他们的桃子还有李子。小何心下暗暗赌咒，马上就会跋山涉水去给他们点颜色瞧瞧，既然如此，何不带着自己的新朋友，也就是那条蛇一起去！

瞬间，他就将脑海里那笔直走的螃蟹忘得一干二净了！而且，村长曾经让人在一块木板上面刻过两只活灵活现的蟹，也象征着当年皇室钦差下访时，他们所收到的最好礼物。村民们把这块木板挂在村庄的祠堂里，就在土地公雕像的右边，当然依旧没有逃出土地公的视野范围。后来，在一场摆满了绍兴陈酿的宴会上，村长带着那头他钟爱的饕月，伴随着整齐划一，也许能够追溯到前朝的手势，洋洋洒洒地表达了一番

自己对里美山孩子们的祝愿，希望他们有朝一日能够成为小村落的骄傲。

显而易见的是，由于没有被宰杀而成为列席宾客们的盘中餐，幸免一死的饕月兴奋异常。它先是发出了阵阵低声的吼叫，随即更是毫无顾忌地放了一个响屁，这未免让人有些扫兴的即兴声响，真是像极了单簧管上的音符，同那种叫作巴乌①的乐器发出的声音也有几分神似，或者说，钢琴键盘高音区里某个调子悠扬的键位。不过不会有人知道，这个大家伙究竟是高兴得放屁，还是害怕得放屁了，总之这一声响，立时让它那胖嘟嘟的丰满身形吸引了众人的目光。

……

这个山村蜷缩在山丘的皱褶处，在它那足够开阔的土地中央有一个小池塘，周围便是以池塘为中心呈半圆形展开的居民区，远远望去，它便好似一把张开的纸扇，在昼夜的交替间不断地改换着自己的面容。

---

① 巴乌：簧管乐器，也叫“把乌”，流行于云南彝、苗、哈尼等民族中。

从日出到日落，无孔不入的阳光便像是一束束飞箭，从枝繁叶茂的缝隙间散射而入。那些棕黄色的线条时而交织在一块儿，时而又重叠在一起。它们就像是一块美丽的赭石，一会儿在这处显出一点斑驳，一会儿又在那里绘出几道条纹，有时候红彤彤的宛若牡丹花，有时候又略显苍白犹似柠檬花。对，你没有听错，柠檬花，就是那种被人们唤作"佛手柠檬"的品种。

小何绕过了小山丘，离古老的石阶也越来越近了。地上随处现的硕大栗子也让他踩在脚底时有隐隐作痛之感。那些漫山遍野的栗子壳里蹦出的又大又饱满的果仁，便是饕月最钟爱的食物之一了。

念及于此，他又在联想中陷入了喜悦的沉思，母亲给他烧煮的那些美味猪蹄，便是用栗子、各种香料草类，还有她亲手采摘的蘑菇作为佐料的。事实上，采摘蘑菇也是母亲做刺绣活之余，少数外出亲力亲为的劳作了。

在又绕过了个弯之后，他便再次来到了石阶的起点，在那里，前日见到的那条黑蛇似乎从昨晚就在期盼他的到来。他用轻轻的呼唤声，想要让黑蛇回头望他一眼，然而那过分轻柔的声音却实在显得有些无力，

于是他继续前行。

……

黑蛇依旧像他们初遇时那般，盘踞在同样的地方，然而这次，当小何大步流星地跑了四五步，并站定在它跟前时，它并未像之前那样落荒而逃，仿佛已经从上一次双方的遭遇中得到了成长，并且获得了启发。黑蛇的体型似乎有上次的两倍那么庞大，而在那像是西瓜大小的蛇首上，那层未曾有过的淡妆也许是用来吓唬过路人的吧。

孩子感到了一丝紧张，随即从自己的蚂蚱盒中取出了那只被他捕获的不幸青蛙。他感受到了青蛙望见黑蛇后那种绝望恐惧的神情。在这种绝望的挣扎下，青蛙逃生的本能被激发了出来，周身逐渐呈现出与这个山村孩子的手掌相似的天然色泽。霎时间，小何的脑中快速地转动着念头，却终究做出了错误的估计。因为只有当身陷恐惧之境时，两栖类的动物才能释放出这样的本能来。然而这却令不谙世事的孩子慌了手脚。"放了我，快放了我！"小何一边大叫着，一边急于将那只青蛙脱手。而绝处逢生的青蛙，也用尽自己最后的力量跳到了地上，随即便一溜烟地消失在遍地都是的栗子壳堆里。

黑蛇重新站直了起来。小何朝着栗子壳堆望了一眼，仿佛是在想象着青蛙遭受全身折磨，被针刺下千疮百孔的情形——他似乎更加钟爱针刺的方式！

"你希望我对这只青蛙做些什么呢？"

小何不由地想到，也许是林间的风儿让他在迷迷糊糊之间产生了幻听吧。他一边用双手在衬衣的背面擦拭着，一边在思虑着究竟是何人何物在对他说出如此聪明的话儿……或者不如说是一堆通俗易懂的话，因为此时他也隐隐感到了一阵不安，这甚至令他有些胃部不适了。

"你……你在说话？"

黑蛇以一种奇怪的样子把头转了过来——它似乎能够以自己身体的中段作为支撑点，构成了一个完美的圈圈，然后便像一个杂耍演员那样转过了身子。随后，它两眼直视着孩子。

"我还能唱歌呢！"

此时小何的心中已经没有了害怕的感觉，而是满

心的好奇，他想要在黑蛇的身畔坐下，可是他终究还是没那么做。如果说这条蛇真像村长一遍又一遍言之凿凿的那样，是山灵的化身，那么它在人们眼里的形象，理应比眼前的身形大十倍才是……不，也许甚至是二十倍，就等同于人们所看到的那什么一样……想到这里，小何却又想不起那个对照之物究竟是什么，但是毫无疑问的是，比村长更重要的人物，还有和山灵化身同样重要的东西一定是存在的。在这份疑虑中，小何更想对它们敬而远之。

黑蛇果然引吭高歌起来：

好一朵美丽的茉莉花

好一朵美丽的茉莉花

芬芳美丽满枝桠

又香又白人人夸

让我来将你摘下

送给别人家

茉莉花呀茉莉花

随即，便响起了小何的掌声。

"你唱得真好！就像我妈妈唱歌那么好听呢，你们真可以来一个二重唱了。"

不过，当他瞅了瞅黑蛇那光溜溜的细长身子时，他便对这脱口而出的童言感到后悔了，于是他又补充了一句：

"不过呢，她只会和其他那些刺绣姑娘一起合唱，而你却不是和她们一样做刺绣活的。"

对于小何的暗示，黑蛇自然是听得明白：

"那么你拍手的意思是什么呢？是不是要让我赏你两个耳刮子？你这个傲慢无礼的野孩子，可千万别惹火我！"

小何心中闪过一个念头，他也许做得有些过火了……也有些太草率了。

"抱歉，我并没有让你生气的意思，我仅仅是想要明白今天早上我遇到的究竟是谁？然后你设身处地地想下，你的脸上没有笑容、没有微笑、不会打喷嚏、不会清清喉咙，也不会用手托着下巴。既然是这样，我又怎么能猜得到你心里究竟怎么想呢！我想当你同其他村民说话的时候也是这样的吧，或者说我是第一个同你说话的村民吗？"

　　黑蛇随即摆了一个造型，不过并不是那种自命不凡的造型。因为他的肚皮本来就赤裸裸地暴露在空气中——总的来说，那只胖嘟嘟的肚子，也令它能够舒服安稳地立在前六级石阶的空心处。然后，黑蛇便开始说话了。

　　"我曾经有幸同……村里的白痴……有过一番交谈，这个蠢货竟然在自家的花园里种植笋瓜！笋瓜啊，天底下没有第二种蔬菜像它那么伪君子的！它那粗制滥造的果仁，实在让我感到反胃。与之完全相反的是，大南瓜那鲜嫩多汁的仁，真称得上是美味无穷，那才是享用美餐的不二选择！不知道你是否品尝过南瓜饼的美味，还是用菜豆酱做的呢，还有南瓜拌咸蛋，甚至是南瓜饭。相信我，笋瓜相较于南瓜来说，简直就是一坛劣质的醋而已，而当人们发现一个笋瓜的时候，就应该迅速地将其打碎，把它的仁都挖取出来，然后烧得一干二净……当然啦，留下其中一部分也未尝不可，权当是给狗儿猪儿们的饲料罢了，因为它们还是能够杀死肠胃里的寄生虫的。说句实话，这也是笋瓜唯一能够带给人们的益处了，我知道我已经说了够多，至于曾经的那段痛苦记忆，我也不想更多展开了。"

此刻，小何才重新用一种信任的眼光打量着黑蛇。

"现在，可轮到我来告诉你一些事情啦！你口中那个村里的白痴，已经摇身一变成为村里的天才，并且众所周知了。我真的不知道他是怎么变的，又怎么好似完全换了个人一样的。老村长任由他拍打着饕月的屁股，而且并没有把他当作破坏者那样看待，这根本就不同寻常！"

黑蛇重新站起了身来。

"看吧，新鲜事就是新鲜事！而我也对老村长的智慧抱有极大的希望呢。指南针并不是他发明的，不过我认为如果他真的要去做，那也是一朝之间的工夫罢了！"

小何依旧想要消除自己心头的疑惑。

"好吧，既然如今大家已经相互有点了解了，那么你也许能够告诉我你到底是谁了吧！"

黑蛇笑了，那笑脸实在是难以模仿。从尾部开始慢慢地在鳞片间滑动，它体型剧增的方式简直让人觉得它在吞噬着什么东西一样，随即一边绕着毒钩盘踞，一边逐渐恢复了常态。

对于黑蛇那巨大的体型，小何总算有了些见识，或者与其说见识，不如说耳闻。

然后，黑蛇便继续它的叙述：

"追根溯源的话，我的身世可要从伏羲①和女娲②的时代开始讲起了，不过那个时代对我们实在太过久远，我怕如果说那么多的话，你的晚餐时间都要搭上了，但是我并不想你母亲担心你，到时候她也许就会找里美山最白痴的天才，或者说最天才的白痴——嗯，说的是同一个人——组织一群人来四处搜寻你的下落了。我们还是回到正题吧，首先我要赶快说一件事，那就是我和白蛇没有任何关系，包括那些五颜六色的蛇类，尤其是和白蛇相互依存的那条青蛇，它们很久以来在民间传说里已然为人所熟悉了。"

小何开口了："这可真难猜啊……告诉我，你是不是康回③？"

黑蛇纵声大笑起来，不过相比之前那种游走在全

---

① 伏羲：五天帝之一，古代传说中中华民族人文始祖，是中国古籍中记载的最早的王，是中国医药鼻祖之一。
② 女娲：中国上古神话中的创世女神。
③ 康回：汉族神话传说中的人物。史书中记载，康回是冀州地方出现的一个怪人，生得铜头铁额，红发蛇身，是一位天降的魔君，来和人民作对，史书上又把他叫作共工氏。

身的笑，这次它的蛇身便如同声音一样凝固着，这声音也许是来自于毒腺附近的某个所在，似乎对于眼前的孩子无法猜出他来自何方相当自信。

随即，它回答道："对于康回我再熟悉不过了，它还有一个别名叫做共工，但是康回仅仅是人面蛇身而已，而且在历史上它最终成了失败者，甚至每当它斗胆投入一场战斗时，最后都会以败退而告终，而这也只能给它自己造成损害。坦率地讲，每当我与它不期而遇的时候，我总会想方设法地避开它，于是我贴着墙走，而它却总是厄运缠身！而且，康回早就离世了！"

小何："要找到答案可还真不容易，你难道就不能给我点帮助，或者给我指明一个方向吗？好吧，我再想想……噢！难道你是相柳①？"

"我说啊，你观察得可真不够仔细。"黑蛇回嘴道，"相柳可是有九个脑袋的……而我只有一个！还有啊，我可要同你说，比起它的主人，它的命运可好不到哪里去啊，共工和它都没有活下来！"

_____

① 相柳：载于《山海经·海外北经》中，是海里的九头妖。

连续错了两次之后，小何倒是似有所悟了。

"噢！！！你是巴蛇！村长曾经告诫过我们，一定要小心提防着巴蛇①，因为它可是能够吞下一头大象的。"

黑蛇清了清喉咙，以使自己的话更加清晰，毕竟在说了那么多话之后，大量的黏液已经把它的喉咙堵得不够通畅了。

"很抱歉，我可没那么年轻，而且如今我正在饱受反酸的折磨，而这也常常败坏我享用美餐的兴致。当然啦，人们可以化作一条蛇，甚至可以成为一个小神仙，但并不代表痛苦就可以由此远去！当然，就是因为那群日本鬼子！对于这儿的村民们我当然一点都不怕，他们都很尊重我的，但是那些日本兵，那就完全不是一回事了！我可不希望有朝一日，自己会成为白菜色拉上的那一块块烤肉啊！"

随即，黑蛇又若有所思地蹦出了一句话："……假若我的一生会在白菜色拉上终结！对于一条神话中的蛇来说，这该是多么悲惨的命运啊！"

---

① 巴蛇：又叫做修蛇，古代汉族神话传说中的巨蛇，出自《山海经》，据说体长达到180米、头部蓝色、身体黑色。

　　小何接着黑蛇的话又猜到："噢，原来如此，你是一条神话中的蛇！你是腾蛇①的一种吧！"

　　这下，黑蛇显得有些气恼了。

　　"我可不能在天上飞来飞去！所以我不可能和腾蛇是同一种类，也不可能和修蛇还有蚺蛇②分属同类，另外'种类'这样的词我实在不爱听！你要承认，尽管我并非将自我看得那么重，但我依旧有属于我的尊严！"

　　随即黑蛇继续说："我们别再说笑了，我会谦虚地承认一切……是的，我是一条传说中的蛇，当然并非是巴蛇，但也是它的某个远房表亲。我向你毫无保留地说，自己属于某种匍匐在地上前进的蛇类，由于我们长年累月同人们进行接触交往，因而我们也是最开化的蛇类。我也不想通过长篇大论和装腔作势，让你有惶恐不安的感觉。另外，与巴蛇不同的是，我可没有慢性的便秘，我曾经吞掉了一头母猪，然而用了整整三年时间才把那些骨头吐了出来！我很喜欢那种

---

　　① 腾蛇：古代汉族神话中由女娲娘娘以自己形象制造的宠物，是一种会腾云驾雾的蛇，是一种仙兽。出自《山海经·中山经》。
　　② 蚺蛇：亦称绿蚺蛇或大水蟒，是一种橄榄色的蛇，夹有交错排列的椭圆形黑斑点，见于南美洲热带地区。

感觉，一个不相干而臃肿的身体，在我的喉咙里手舞足蹈着，然后便逐渐变得软绵绵的，最后就能够咀嚼了……"

小何感到了一阵不自在，为了避开黑蛇那比点心更大的满口唾液，他还是同它保持了一定距离。因为在这时候，恰好有只目不见物的老母鸡，正在它的周身做着冒险旅行呢。这让黑蛇也垂涎三尺了，不过尽管不能恢复自己的视觉，老母鸡还是感受到了危险，爆发出了惊人的能量逃之夭夭。

"你并不希望我干坏事，对吧？如今我们已经是朋友了……"

黑蛇直直地望着孩子的双眼，然而这句话却并未让小何感到放心。

"小子，你对我不要有丝毫的害怕，我会向你证明，自己对你是抱有最大善意的。现在轮到你来回答我的问题了，告诉我究竟是什么令你感到担心吧？"

小何毫不迟疑地对黑蛇的问题做出了回答。

"我总感到肚子没填饱……尤其是在晚上更是如此了……另外，每当我想要刨根问底的时候人们什么都不同我说……我每天都必须很早就起床，而且在中午也不被允许睡午觉……我喜欢独自一人的感觉，但我却发现很难找到一个人独处的时候……村里的姑娘们总是来烦扰我。这些事情已经不是三天两头地发生了。如果能够吓他们一吓我就会开心……那些男孩也是一样，我真想加倍地奉还给他们！"

黑蛇眼睛的瞳孔慢慢地张开了，显得有些喜不自胜，甚至不止于此。毕竟，一条蛇竟然能如此喜悦，那已经不是简简单单的心醉神迷了，甚至在某种意义上，给人一种易于欺骗之感。

"就这么多了吗？你的指责和非难就言尽于此了？"

小何并不想自己被再三地请求，于是他迅速地回答道："当然不止！当我被大人们惩罚的时候，我要在地上一跪就是几个时辰呢！"

"这确实是件令人生厌的事儿啊！"

黑蛇一边说着，一边扭动自己的身躯，仿佛就像要在自己颀长的身体上，寻找到某个能够被称作是"膝盖"的关节，当发现自己并没有这玩意之后，他似乎显得有些欣喜。

小何又说了起来。

"然后呢，在一年或者两年以后，我就要开始自己的学徒生涯了，但是我却一点都不想学一门技艺，因为我的心愿是能够学会游泳和爬上树枝，然后一边看着大人们搓麻将，一边晒着太阳。当夜幕渐渐降临的时候，我能够沉醉在拂面的清风中，而当长空破晓的时候，我又能够沐浴在第一缕阳光之中，这便是在我们触手可及的大自然面前，充满诗情画意的生活方式了，这些东西我们根本不需要不远万里地行走，便能够实现。"

黑蛇渐渐挪了过来，离孩子更近了。

"我的孩子啊，是命运公正地将你置于我前进的道路之上。我想我有一个办法，可以将你所有的烦忧苦闷一扫而空。我们可以试着听一下，至少我确信这是个好办法！现在轮到我同你解释那些让我感到不快的事情了，你听过之后就明白我们其实同是天涯沦落人。你看到了，我其实是本性善良的蛇。你并不喜欢日复一日地同女孩们打交道，而我却梦想着能够向她们递上一块锦帕，或者是香水，当然我也不会忘记她们的家长，所以我也会为他们准备厚礼，一份礼物是汴东的什锦饼干和干虾仁，而另一份则是松萝茶。当然，我还会给村长送去凤凰牌香烟！然而我还是感到有些遗憾，因为我无法给里美山勇敢的人们送上莲子和木耳作为厚礼，当然，在冬日凛冽的寒风下，一壶美酒也能用来驱寒，我的孩子啊，说到酒我可绝不会有丝毫的吝啬了，女儿红、花雕酒还有加饭酒！这些美酒就连李白都爱不释手呢！你并不喜欢和你同龄的那些男孩子，我也不会忘了让他们每个人都收到一个算盘作为礼物——相比我们传统的大算盘，它们当然更加现代。当然还有学习用的书籍，以及用于经商的书籍，还有能够教他们正确发音的词典……"

有些事似乎令小何有些厌烦。

"饕月……村长家的那只大母猪呢，你会怎么做？"

黑蛇对这个问题感到有点不知所措了，说实话，它从来都未曾想过应该怎么去对待一头猪……除非把它作为一顿美餐。如果把它宰了做罐装食品，那样一头体型硕大的肥猪，可是能够只够享用许多天的。无论是伴着发酵豆浆的生面团吃，还是伴着米粉，都一定是上好的佳肴……想着想着，它还是把自己的思绪拉了回来。

"如果我给它奉上醪糟汤圆、糟溜鱼片还有酒酿鸭子，不知道你还会不会依旧不满意呢！我到时候再看看怎么来表达我的……兴趣，对，就是这样，我的兴趣！"

此时，小何似乎怀着疑惑地看着它。

"但是你还是没有说，怎么样才能同时解决我所有的问题！"

此时，黑蛇也觉得，是时候挑明自己的意图了。

"太简单了，我们互相换一副皮囊！从此以后我便以小何，也就是你的身份长大，并且像人类那样生老病死，之前所说的那些方案，也会在我化作人形之后逐个的实现……而且你好好地想一下，我如此慷慨的馈赠，首先能够受益的便是你母亲了……"

小何打断了黑蛇的说话，并问道："我呢，我会变成什么？"

"你将会取代我的身份……成为一条黑蛇，这也是这份协议最特别的所在！相信我，绝大部分你同龄的孩子们，都不会提出任何的疑问，也不会附加任何的条件，因为他们会为能够不再上学而感到幸福，还能怡然自得地徜徉于花丛之间，凝视着鸟儿飞来飞去！

更重要的是，这也能够令你成为神话时代造物的一员，成为一条传说中的蛇！这可不是所有人都享受得到的尊荣啊。如此诱人的协议，想必没有人会踌躇不决吧，因为自此以后你就会拥有各种神奇的法力和所有的天赐禀赋！我承认，我再也没法利用那些法力和禀赋了，但是我还能够在有需要的时候吐射出火焰，后退着游水，化作一朵云彩，像一支箭那般窜将出去，然后就像击中一棵老树的闪电那般，瞬间消失得无影无踪，当然我还能发出各种奇异的声响，包括还有很多奇异的本领……"

"这样别人还能看到我吗，我还能够捏捏小姑娘们的屁股吗？"小何追问道。

"任何人的屁股都没问题，你想要捏谁的屁股就捏谁！"说罢，黑蛇便张开了它的口，露出了两排牙齿，它们看上去只能用作野蛮的撕咬，而不是那种有些下流的掐捏——无论是紧紧地捏还是轻轻地捏。

"确实令人羡慕啊……"小何半带微笑地坦承道。

"不仅如此，我的孩子啊，还有生命的期望在你面前……你将由此而长生不老！"

小何让自己静静思索了一分钟。

　　"对于一个只有十二岁的孩子来说，要在长生不老面前做出一个选择并不容易！"

　　对于孩子如此的抵制方式，黑蛇也感到了惊讶。

　　"然而我的孩子啊，你已经有诸多的理由去抱怨你如今的生活境遇了，难道你认为这一切会随着年岁的增长而会逐渐井井有条起来吗？我对此表示怀疑……那些今时今日打搅你的女孩子们，永远都不会让你感到安宁的，而那些对你起哄的恶棍们，随着年纪增大，也会越来越狠地欺负你……如果你选择继续这样的生活，那么这样的生命历程，即便不说是完全为不幸所左右，也只会是庸庸碌碌的，而你的母亲也会在屈辱中撒手人寰！但是如果你换上这身属于神话时代蛇的皮囊，那么你将会成为里美山真正的主人。"

　　一口气讲了那么多话之后，黑蛇也缓了一缓，因为那么多东西要一股脑地塞进一个孩子的思绪之中，似乎也太快了些。从另一方面来说，劝说的艺术也需要说话者尽快把话说完，以免让对方的思维无所依靠地飘荡。于是，黑蛇继续说话了。

　　"我想透露给你一个秘密，里美山位于大千世界的中央！有朝一日，你就会成为这个世界的主人，而我如今所在的这几级石阶，有朝一日，也会在每个季节开始的时候，堆满了来自临近所有村落的朝圣者们所带来的茉莉花。你快忘了那每天都折磨着你骨头的竹鞭吧……想想一张堆满了茉莉花的床垫！那正是美丽的生活，不是吗？"

小何："如果这些东西不会让人发痒，是的……我只是说也许……"

黑蛇："当然，不会的！蜇你的东西，是那些虱子、跳蚤、寄生虫还有那些臭虫，它们在你每天睡觉的席子上到处乱窜！甚至它们把幼虫的卵都产在了那儿，吮吸着你的身体！"

小何："既然你这么说的话……"

这一次，黑蛇以胜利者的姿态，站起了身子。

"那么，我的孩子啊，我们成交吧？"

一阵凛冽的寒风轻轻地刮过，黑蛇继而就变得凶猛异常了。它的注意力也被四处飘落的栗子壳所分散，那些可恶的栗子壳，时而会深深地嵌入它的鳞甲，令它有最痛不欲生的痛楚。

当黑蛇张开着它的嘴，蛇首在空中翻来覆去地寻找着飞虫，还有最大最沉的栗子壳的轨迹时，它并没

有觉察到，一块焙烧过的砖头就像炮弹一样，钻进了它的喉咙，并且碾碎了它的声门。

随后一个声音在耳边响起：

"现在就让你看看，里美山的妇女们是如何在屈辱中离世的！"

这是母亲的声音，在自己的意识几乎失去控制的时候重新见到了母亲。小何喜不自胜地飞奔了过去。而小何的母亲也将他紧紧地揽在了怀中。他明白了，母亲对孩子的爱绝不会是虚情假意，甚至即便她假装关注着其他的事，她仍旧会在内心深处多留一份心的，一旦本能告诉她危险的境遇迫在眉睫的时候，她就会有如插上翅膀一样及时赶到孩子身边，并显示出像铁匠那样的气魄。

从那以后，人们再也没有听说过那条黑蛇的故事了，也许它迁徙去了更加温暖的地方。而这段故事，也让村里的人们将其当作土地公公对村民们施恩的又一明证。

而对于小何来说，他明白了当自己不痛快的时候，应当格外地保持警惕，因为这会招来其他的生命，尤其是那些奇异的生命，而且即便成了全世界的主人，

都不如可以掌握自己的命运来得实在。从那时候起，
小何在女孩子们的眼里便不再是一个野孩子了，而
是……一个值得学习的榜样——待人真诚、前途无量。
在里美山这个小村里，人们对他交口称赞。

第二章

石階

磐石，也并非坚不可摧。

对此所有人都心知肚明，包括那位假装对此视而不见的富商王熙琦先生，也都了然于胸。那四位抬着轿子的轿夫，可以令他不必自己走着路前行，然而他给他们的报酬却并不高，就像他以为石块安安稳稳地黏在土地上那样，他也认为这点工钱打发轿夫是理所当然。

在那块大石头的中间，有一个硕大的凹陷空洞，承载着大雨过后的雨水，并且用它来引诱那些蝌蚪前来寄生。最后它们无一例外地，在这个小小的洼地里因为氧气不足而慢慢地死去，或者被路过解渴的某条狗，在这个幸运之泉饮水时一并吞进了肚子。

每当路过的村民们从远处走来，靠近这石阶的时候，他们便会一跨而过，从下一级的石阶一跃而上，跨过它而直接来到了上一级的石阶，在这层混球儿一般的石阶上一刻都不逗留。对于老人、送鸡蛋的送货员、孕妇，还有各种各样身体有残疾的人来说，当石块开始摇摆不定，以此方式迅速地向行人预警的时候，他们会首先踩在石块的棱上，这样便可以更好地判断它的坡度，随即便在地上，或者是在下面的裂痕间站定。

这一天，坐在轿子里的并不是商人自己，而是他年纪尚幼的女儿，闺女芳名叫做丽娟。她的美丽惊为天人，能够让看过一眼的人难以自拔。如此这般的绝色佳人，自然不是画家的手笔所能够描绘的，她犹如一盏烛灯，或者是其他的光亮，能够令昏暗的屋子忽然间蓬荜生辉——人们将点燃的烛火摆在一只精心制作的瓷器花瓶里，用多姿多彩的玫瑰花瓣，飘在空中的云儿，或者是珍珠和珊瑚，烘托出花瓶那半透明的色泽。这种发自内在的美丽，令丽娟那难以捉摸和调皮捣蛋的性格更显出一份活泼。无论是画家还是诗人，都无法将它描绘得惟妙惟肖，就如同在风起云涌之际，

烛灯的火光笼罩了整个花瓶的表面那样，实在是一道
难以描绘出来的景致。然而奇怪的是，丽娟却对自己
的美丽毫不在意，就如同那些最普通最平凡的事物，
由于在我们内心不留痕迹而显得神秘分分的。特别是
漫漫的长夜，总是在黄昏后如期而至，渐渐地覆盖了
整个大地，然而又在拂晓之际，悄无声息地离我们而去。

　　……

　　子之则是一位美少年，这样的俊美也令女人们为
之心动，当然并不是那些取笑，甚至惊骇于他俊朗外
表的年轻姑娘们，而是那些成熟的女性。那些上了些
年纪的女人们，有时会用一种沉思状的目光端视着他，
那样的目光尽管只是瞬息之间，却绝不会黯然失色。
有人是这么描述的，那些女人们在那时那刻，组织起
了一支庞大的求爱军团，踩踏着茉莉花前来欣赏子之
的俊美容颜。在那些遭了殃的茉莉花里，有一种黄色
而无味的品种，美丽的女人们对它可真是爱不释手！
　　当子之还是个孩子的时候，他在某一天宣称道，
世间万物都逃不过生老病死的规律，无情的大自然几

乎不会给芸芸众生、参天大树、经纶书卷或者是人类
遗迹任何这方面的宽恕，他把年久失修的村中小道、
村子入口处的神庙、公共洗衣间，还有就是他曾经去
过两次的周子贤的家，都作为人类遗迹的一部分——
第一次是作为成年男子的成人礼，而第二次则是他爬
上了所有人都垂涎三尺的村长的位置。

对于子之来说，"老女人"或者是"老妇人"这
样的称谓，简直就是连基本的观察力都欠缺的体现。
在他看来，里美山的所有女性都以天生的优雅而著称，
她们和蔼的举止也令人倍感亲切。而子之自己便是由
一位阿姨抚养长大的。在他的眼里，她付出了自己作
为一位母亲和一位祖母全部的爱意和关切，而这也使
得他对女性总是有一份毫无保留的激赏之情。孩子的
天真无邪自是无需多言的，在天真无邪的小男孩心中，
这份记忆当然会刻骨铭心。

在学会如何同女性打交道之前，他便知道如何去
谈及女性了！

毫无疑问的是，里美山之所以远近闻名，不仅仅
是因为在这里，有最甜美可口的桃子和杏子——后者
用手摸会感到坚硬，但是当人们咀嚼着它的果肉时，

那种美味实在难以言表——同样也因为村里女人们的魅力。在上溪镇所管辖的其他一些村落，尤其是诸如石步楼、稠城、鞋塘还有义亭镇那边，每当人们提到里美山的女人们，那种羡慕之情便会毫不掩饰地油然而生，特别是男人们更是不能自持。而他们的夫人们，就像是在义乌还有金华那里一般，依旧保留着那些满族人的风俗并且大加显摆，还恪守着清朝的人们所奉行的那套审美标准，却浑然不知一年前，也就是1895年，朝廷的军队在战争中失利，导致了《马关条约》的签订。这一切早已显出这个政权的垂垂老矣。然而无论是在义乌还是在金华，人们在公开场合耳闻目睹的，依旧只有对朝廷浩荡皇恩的誓死效忠之心的宣扬。

最不可思议的是，即便是在石步楼、稠城、鞋塘以及义亭这样的临近地区——里美山这座小村庄也少有人闻，或者即便是听说过的人，也未必知道其确切的所在！在省里人的印象中，里美山就像是云南中甸那样的世外桃源之地——由于山峦密布的地理环境，让绝大部分的旅者都徘徊其间，而无法寻找到其确切的所在。同样的，大自然似乎也保守着里美山这个秘

密的所在。而对于这里的村民们来说，从来没有外人能够得知村落的具体位置，以及到达这里的路径，也令他们倍感骄傲。因而在临近的那些村落里，人们感到里美山似乎已经将自己与别的世界孤立起来，然而他们也从里美山的来客那里感受到了一种骄傲，因为那里有最鲜美多肉、最甘甜可口、最水灵多汁的桃子……当然还有那些美丽可人的女子们，当人们谈及里美山的女子时，除了美丽之外还惊叹于她们的美德，人们从不会把"荡妇"和"妓女"这样的词汇同她们联系在一起。

不止一个富有的商人曾经想要走进这个村子，将这里的女子带走。因为比起自己的那些女仆，里美山的女子们要更加温柔得体。可他们却纷纷迷了路。当然，在那个时代的社会习俗下，男女之间的婚配从降生的那一刻起便已经注定，所有其他的结合都根本是不可能的。然而不少的富商却暗自要用自己的威望——他们无论是在大门口，还是在住所的每一道门槛上（当然也许仅有的例外是他们的卧室），都在宣示着这一点——使得一个芳龄十八的里美山少女成为自己的侍女。她们不紧不慢的行步、动听悦耳的名字，甚至是楚楚动人的一颦一笑，都令人如此心驰神往。

……

轿夫们已经走在了那条通往古老石阶的道路上，
而恰巧遇到有一群村民以列队的方式从小道上沿路而
下，在其中打头阵的便是子之。

眼看着这两队人马还有几米之遥便要迎面撞上
了。这时候村民们整齐划一地停下了自己的脚步，将
道路让给了四位轿夫和他们抬着的轿子。要知道，轿
夫们抬着的可是富商的女儿，才不可能停下自己的脚
步呢，仅仅和村民们交换了一个简单的手势，以此来
表示礼节性感谢。由此，两路人马也都顺利地上路了：
轿夫们不必占据整条小道，而村民的队伍从石阶的尽
头开始排成的一字长蛇阵，也不至于被这群不速之客
所打乱。

突然之间，一阵不期而至的风迎面刮来，如同一
匹芒刺在背的马，从悠然自得的踱步中突然开始飞奔
起来。尽管轿子那折叠状的帘幕里，装满了沉甸甸的
谷物，然而在强劲的风势中依旧不堪一击。风儿冲进

了那狭小的轿子里，令其中的一名轿夫站立不稳，另外那三名轿夫则迅速地前来接应，以试图避免一场事故就此发生。然而，惊魂未定的人们却不知道，更糟糕的情况还在等待着他们。原本这次事故也许就此结束，然而在千钧一发的情境下，人们或多或少都会心绪不宁。正因为此，其中的一位轿夫忘记了自己的一只脚即将踩上那块著名的并非"坚若磐石"的石阶。

公正地说，也许人们应该接受这样一种为他开脱的解释方式，即他的大脑在那一刻的反应速度，已然远远无法跟上自己的双眼所见和双耳所闻了：此时的一句警戒，犹胜过一个预示危险的信号，尤其是当那块问题诸多的石头开始摇摇摆摆时，总会发出一种怪异的声响，这种声音简直像极了爆竹在牛粪里爆炸时发出的一声"嘣"的声响。

随即一切事情都在转瞬之间发生，惊慌失措的丽娟，随着整个轿子被翻得底朝天，发出一阵源自内心的恐惧的叫声。

然而，当四位轿夫从事故中回过神来之际，已经见到子之站在原地，撑起了那台沉重的轿子，救下了惊魂未定的少女丽娟。

当她见到了他，她的心便立刻为之一动。

当他见到了她，他的反应也是如出一辙。尽管少年并未用他的青春岁月，去遐想爱情的乐趣，因为他不许自己去考虑那些疯狂的事儿。此时，那在他心里有所顾忌的情爱之事，却激荡在他的脑海之中。

她看着他，看了良久，而他却低下了自己的眼神避开她。

随即，她也低下了自己的脑袋，他却开始端视眼前的她。

四位轿夫此时已然回过了神，却望见了不可思议却又令人动容的一幕：两位一见倾心的小情人，在这个时候旁若无人地用眼神交换着互相的心境，一言不发，却此时无声胜有声。所有在场的人，无论是村民还是轿夫，都激动地见证着这个场景。甚至在很多年以后，他们依旧还能够对这双爱侣邂逅的一幕记忆犹新：那便犹如一位古筝的弹奏者，在乐器上迅速拨转着自己的手指，所发出的即兴颤声一般，久久地回响着。那断断续续而又捉摸不定的颤响，却绝不会允许其他的音符，在它们兴意盎然的时候插足地应和。

子之和丽娟似乎丝毫都不怀疑，在他们发自内心

的天生激情下，周遭的一切都是如此静谧，没有什么能够将他俩分开。此时所发生的一切已经难以用常识去理解了——不过也是，常识这东西最司空见惯，无非就是将一群人共同的错误判断汇总到了一起，从而让大多数持不同看法的人都不敢贸然表示异议。没有什么东西可以打断这美妙的一刻，时间在这一刻走得是如此缓慢：席卷而来的狂风，已经在栗子林里有所收敛，人们再也听不到它呼啸而过的响声了，至于云彩，也无精打采地在天上飘啊飘的，即便是小径下潺潺而过的溪流，都收起了自己四季如一的如虎啸声，默默地守护着此时此刻的这份静谧。

"是这阵风，这阵不怀好意的旋风，干的坏事。"丽娟打破沉默地说道，"我爸爸都不敢逆着我的意思呢，我永远都没错。"

对姑娘这番任性的话，子之也不禁莞尔一笑。

"小姐，请恕我的无礼，那些永远都在犯错的人——就比如你父亲那样的人——常常对事物有着更好的感悟。他们之所以沉默不语，是因为他们认为，在相同的境遇下，那些更聪明的人往往是那些宽厚为怀者，而他们并不会叽叽喳喳的。"

丽娟并没有感觉到那唇枪舌剑的激烈。

"你竟敢跟我顶嘴？吵嘴真是件有趣的事啊，不过我不想和你吵，毕竟怎么说你也是帮我化险为夷的人嘛。如果这一切以后天天都发生该多好啊，你一边和我拌着嘴，一边又能令我感到心安，当然啦，你可必须要以另外的一种姿态现身。"

"这可真是个奇怪的物种，"子之不禁在心里暗叹，他不由地想到，是不是所有里美山的女孩都是那么任性放肆。

丽娟也并不想和眼前的男孩有所冲突，然而娇生惯养的她，却还是出于本能，拿出了一副在父亲跟前的架势，用相似的口气开始了这场嘴仗的"热身"。

"你，叫什么名字？"

"子之。"

"噢！那我想你可能姓'通鉴'吧！啊哈，在我们家里就有这部巨著，我父亲总是对我说，作为一个商人的女儿，我知道的东西实在太多了！"

子之从来都没有听人提起过《资治通鉴》这本书，因而对女孩的寻衅，他也没感到有多少的侮辱。

眼见着男孩如此无动于衷，丽娟开始变本加厉了。

茉莉花蓝调

"你啊，有没有注意到我多么美丽？"

此时此刻的子之，越发清醒地意识到自己的优势，他甚至毫不掩饰了：

"所有的女人都是很美丽的……"

令丽娟不敢相信的是，开启爱情之门的竟然是这么一场"别开生面"的争辩，在有点被激怒的情况下，她更是还嘴道："男人们都是群呆头呆脑的家伙！"

此时，对子之来说，也许挽回双方颜面的最好方式，也只有休战了。

他："如果你认可所有的女人都美丽，那么我也认可所有的男人都是呆瓜。"

她："让我再想想。"

随即她便坐上了自己的轿子，并且慢慢地远去。

而村民们则互相眨了眨眼，似乎都明白各自心里在说什么，然后便各忙各的了，留下了子之一个人，仿佛用手臂挽着一位上了年纪的妇人，温柔而耐心地一边护送着她，一边聆听着她哼唱"汉宫秋月"的曲调。那哀婉的唱声，令子之不由得想到，此时此刻的她，是否已经有那么些时日，未曾得到某一位亲王……甚至是皇帝本人的宠幸了……尤其是当颐和园的喷泉和鸟笼浮现在他眼前的时候。

……

在随后的几日间，丽娟对那个曾经如此温文尔雅地让自己转危为安的男孩念念不忘，也打听了不少关于他的消息。从所有的这些消息中，她探知到，尽管子之出生在一个穷苦的人家，但他高尚的品格和成熟的气质让他在村民之中是如此与众不同。人们曾经说道，假如他能够接受良好的教育，那么他的前途将会无比璀璨，然而对于学习读书、写字还有做算术这些东西，他却显得有些迟疑不决。对于那些愿意聆听他说话的人，他会这样地宣称道，所有的一切都可以通过观察大自然的韵律，通过对它秘密的刨根问底而学到。对于他来说，走近村子里的那些老者才是他所需要做的，因为在他的眼里，每一个老者都能够教给他在任何学校里都没法学到的知识，而他们之中的某些人，甚至在几十载的岁月里，发展出了各种技艺，而那些技艺的推广也显著地改善了里美山人的收入。一言以蔽之，他只对村落里所发生的一切感兴趣，无论

有多大的诱惑，他都不会离开这里。子之坚信，既然
这里是生他养他的地方，那么他就应当在这里长大，
在这里老去，并且在这里入土为安，而辗转漂泊到别
处去追求更舒适生活的雄心，对他来说简直就是卑鄙
怯懦的行为，因为每一个里美山的孩子，都应该遵行
这样的义务，一生一世留在这里。他也感到，旧的世
纪即将告一段落，而新的世纪也将开启它的纪元，这
也许会让很多事情不再如同往昔，然而如今他并没有
必要将自己的思绪拉到如此遥远的地方。而他所确信
无疑的是，这个山村的未来将会取决于那些决心留在
这里的村民们和他们的意志，他们在困难的时期能够
互相帮助，在美好的岁月里则能够共同分享快乐，他
们用自己的知识和价值，让村庄老人们所传承下来的
见识变得更加丰富多彩。

尽管与丽娟有这场不期而遇的相识，却并没有改
变子之的信念。他再清楚明白不过的是，他们两人属
于两个截然不同的世界，他是那种需要晚睡早起的人，
粗茶淡饭、沉默寡言，没必要和任何人明争暗斗。而
她呢，则属于晚睡晚起的那类，每顿餐都可以大鱼大肉，
知书达理、精通乐艺，当然也不免会为了高利贷的利率，

或者是黄金白银的价钱，而和人争执不休。

对于年轻男女之间的欢爱之事，子之实在是没有任何的兴致，然而丽娟却从未停止过对于爱情的美好遐想。她时而将自己当作是《牡丹亭》的女主人公，和她一样年方二八的杜丽娘，时而，当她在镜子前眼望着自己身段的时候，她又会将自己想作了祝英台，此时便会遗憾自己那曼妙的前胸，已经没法令自己像祝英台那样女扮男装了。而且再怎么说，子之既不是柳梦梅那样学富五车的年轻才子，也不是自己在书院里的同学，更何况自己也不愿意像那两位女主人公那样，在豆蔻年华便早早地香消玉殒，只有待在阴曹地府里等待着起死回生的那一刻，即便是以一只蝴蝶的模样也不好。当她一遍遍地阅读经典名著时，她早已对那些情节如何开始和收尾感到不耐烦了（至于中间的发展过程，她已经不愿再多看一眼，因为在大多数的时候，这些都显得尤其无聊），由此丽娟也慢慢地，希望自己能够经历一段小说里所未曾谈及的爱情。

就这样，她立刻为子之所着迷了。

话是这般，其实在两人初遇的那一刻，丽娟在子之的眼中也是如此地美丽可人，然而在这个自己并不

熟悉的地方，由于没有安全感，他也只能摸索着前行，因为这里脚下的每一条小道对他来说都并不熟悉，他真是希望这里的一切都能够瞬间归于平和啊。毕竟在自己不熟悉的地方，可不能随心所欲地到处乱跑了，而对于他来说，自己似乎日复一日都是这样，有使不完的劲。"我应该自己散散心，"他一边这么想，一边多么希望在半个时辰之前，自己根本没有走过那一道古老的石阶啊。如果没有在石阶上所发生的那一切，此时的自己，恐怕也无须为脑海中那纷繁复杂的乱象而烦扰了，那挥之不去的情景，甚至已经令他无法安然入睡，而是久久地回味着这日暮时分的场景。一遍又一遍，他的心绪中反复重现着当时的情形，不免浮想联翩，修改着个中的一个个细节，又对其他的那些维持原状，努力地让那一刻变得长久，越长久越好，并且把那些看上去不重要的人从这个场景中逐一去除：轿夫啊、轿子啊、满是栗子的小道啊、古老的石阶啊、围观的村民啊……他希望这所有一切无关的东西都不再存于心绪之中，以便当自己在皓月当空之际做个好梦的时候，只有女孩那美丽的脸庞、那俏皮的微笑，还有那事事都要顺着自己性子的刁蛮任性，能够再现于自己的梦境里。他其实已经丝毫不介意女孩的刁蛮任性了，他只是希望生活能够改掉她的那种脾气。

……

此时的丽娟，正倚靠着她父亲在大堂里的扶椅，王熙琦也喜欢在这里结算自己公司的账目。这张来自中国南方，用松木和樟木所制成的扶椅，是在自己重振了家族的事业之后，父亲奖赏给自己的礼物。这张巨大的扶椅，无论是高高的椅背，还是长长的椅座都令人印象深刻，也是达官贵人们的钟爱之物。当丽娟还是小女孩的时候，她便总是端坐在父亲的身旁，望着他无比熟练地用一只手翻阅着登记簿的页面，同时用另一只手摆弄着铭牌，此时丽娟又像自己年幼时那样了。

"父亲，我有一个主意。"

"我要估量下，我又要花多少钱啦。"

他们之间的交流，总是如此简明扼要。

"我听你说……"

"子之，就是我昨天曾经对您说起过的那个年轻

人，您应该做些什么对他表示感谢吧。"

"'做些什么'，你知道的，这样含糊不清的表述真让我感到麻烦呢，告诉我你到底在想些什么吧。"

如果这样的话，丽娟似乎应该用更多的话来清楚地表达她的意思，不过这样做同样会让父亲感到不快。随即，她便想要在父亲正在翻阅着的账本上写下一个字，然而如果父亲并不翻开她写字的那一页的话，她也如同做无用功。因此还是把自己心里的话原原本本同父亲讲一番吧。

"这是个非常聪明的男孩，有朝一日他会让您受益匪浅的。但是由于过于贫穷，他只能勉强养活他自己，除此之外就无能为力了，您既然那么有钱，那么不妨改善下他的生活吧。您不妨见他一面，并且同他交谈一番，这样您便能够清楚他的才智了，如果您认为他真的像我描述的那样出色，那么您不如资助他接受教育，然后让他成功地通过科举考试吧。"

此时此刻，王熙琦再也没法克制住自己，捧腹大笑起来。

"丽娟啊，我可真是要拜托你了！你可知道那是科举考试啊！你真把自己的相识当成是帝国内阁的一员了啊！那么万一他没有成功，他又会成为什么呢？"

"您外孙们的家庭教师喽！"

"你想得还真周到啊……就像你那早早离开我们的可怜母亲那样……啊，希望你也能够像她那样！好吧，那就让他过来一下，不过我可要事先跟你说明啊，在谈话的时候只有我和他两个人。我希望只有当他来到这间大堂，并且我对他保护你表示感谢的时候，你才出现在这里，在这之后就回到你自己的房间去，到时候我自然会告诉你我对他印象如何。"

此时，独自一人徘徊在大厅里的王熙琦，忆及自己十年前亡故的妻子时，不禁感到了一阵难以抑制的悲伤之情。他那多才多艺的妻子，总是会把一切都安排得妥妥当当，并且无论在什么场合，对事情的考虑也是十分的周全。这个家里的女主人，不仅温婉动人，也同样坚实可靠，而她所做的每一件事，都似乎让人注意到，这个王氏家族十五代以来世居于此的大宅里，没有一样东西应该被人遗忘在不闻不问的角落里，甚至是有意无意地被忽略。而丽娟，则秉承了母亲的这种品质！毫无疑问的是，终有一天她会嫁作人妇，而上门求亲的人从来都络绎不绝。倘若她已经为自己的

孩子们选定了一位家庭教师,那么她对于自己婚姻的眼光也绝对不会令自己感到担忧的。王老爷也暗自允诺,对他做更近距离的观察,况且,他也已经隐隐约约地猜到了女儿的心思,那个丽娟希望能够成为自己孩子"家庭教师"的男孩子,也许正是孩子们的父亲啊,说不定女儿的芳心已经托付给他了。

至于那位女儿向他推荐的年轻村民嘛,如果他未曾在那段糟糕的小路上保护过自己的女儿,那么他也根本没有必要去见他一面。里美山可不是个多大的村落,王老爷有些不相信,在那么个小村庄里,真的孕育着如此不可思议的智慧,不可思议到能够在乡试的科举当中脱颖而出,并且被吸纳成为童生!尽管在他的脑海中,闪过了一丝对更辉煌未来的遐想,他终究还是克制自己别过早地去相信这样的假设,否则的话,假使真的在里美山有那么聪明的人,他一定可以一飞冲天!生员?贡生?打住,打住……这真的够了……他又如何能够想象得到,一个住在里美山的男孩,有朝一日能够通过科举的各层考试,最后进士及第,要知道,如果一名考生取得了如此出色的成就,那么就将意味着他从此就可以身居官场的第一线了。倘若当真如此，那么对于这个富甲一方的家族来说将会多么荣耀！毫无疑问的是，如果这一切当真实现，那么远至宁波、杭州、温州以及省里的其他大城市的人们一定会纷纷慕名而来，结识一下这位即将步入宦海的里美山村的孩子！王老爷心下不由地想到，也许现下催促丽娟嫁人并非是最好的选择，因为，有哪个商人家的孩子，能够给予他钟爱的女儿一个如此美丽的归宿呢？因而就在这一刻，接纳子之后的美妙远景便让他改变了态度。此时，与其高高在上地对待他，王老爷似乎更愿意放心大胆地让他进门，并且和蔼可亲地与之对话，这样便能够试出他的斤两，看看能否将其锤炼成一个非同凡响的男儿……也许甚至是自己未来的女婿！

……

当自己收到这封来自王家的请柬时，子之大感诧异，王家的府邸可是村里最美丽的宅子啊！而且这位家底殷实的商人，从来不以热情好客而闻名，反而在人们看来，素爱独来独往的他小气吝啬、勤俭持家，

就像关心着光绪皇帝的玉玺印章一样，爱护着自己的女儿！

子之在心里断定，王熙琦只是希望对几天之前发生的事情表示一下自己的感激之情罢了。然而贫穷的他，并没有在正式场合应该穿上的新衣服。于是，他还是穿上了那件异常朴素的、也正是他一直所穿着的长衫，当然这并不是为什么大场面而准备的（因为大场面对他迄今为止的人生来说还是个陌生的词汇），而是每每当社会习俗要求他注意自己穿着的时候，他就会换上它。

子之那修长的美丽侧影，和他简朴的着装是如此不相称，尽管他的双肩在长衫里有些动弹不得，然而在这年轻人身材的相衬下，长衫仍旧显得雅致考究，就如同他高傲却并非无礼的举止那样，总会引来旁人的目光。

毫无疑问，他是个俊美的男孩。当子之被引荐给王熙琦时，他心下不禁地暗忖："我女儿的品位还真不错啊！"突然之间，商人意识到，也许自己应该首先留意下到处闲荡着的女儿，并且现在也许是时候为她找一个合适的"管理者"了。他会把自己的事情，还有所有的秘密，事无巨细地向她汇报。而同时，丽娟则扮演着编织者的角色，经营着她的小日子。毫无疑问的是，当她开始做梦的时候，他也要将她从梦中唤醒，一早醒来，那怯生生的、略带羞涩的模样，就如同自己的亡妻在早晨起床时的一般。

王熙琦摆出一副威严的架子，神气活现地站在了子之身前，他的右手放在自己衣服的褶子上，而左手则放在一张用珍贵木料制作的小桌边缘。

"谢谢你在这周初保护了我女儿的周全，我想要送给你阿姨一些好吃的东西，比如说米饭布丁，还有八宝饭，我想这些东西可不是你每天都能够享用到的！丽娟执意要求我见你一见，这些东西你可以一并带走了。"

子之也对主人家表示了感谢，随即便是对丽娟致意，此时的她，正倚靠在父亲的身边，对自己微笑着呢。

王老爷同子之的交谈也要开始了，于是商人对着他女儿做了个手势，让她赶紧离开，这个手势也同样想告诉女儿："赶快走，不要噘嘴生气，拜托了。"此时还没有离开的丽娟，正对着子之微笑着呢，子之虽然欢喜万分，却并没有将心中的无限喜悦溢于言表。

　　看到女儿倒退着离开了大堂之后，王熙琦才开始对子之说话：

　　"我女儿就是那么小孩脾气，她老是丢三落四的，不过我要说，在她的身上，我看到了我夫人具备的优良品质，尤其是那种预感某些事物的禀赋，并且可以猜得出人们对她究竟是好意还是不怀好意……我也不想占用你太多的时间，但是就像丽娟所确信的那样，你身上有接受良好教育的优良天分，考虑到这样的天分在如今的里美山已经难得一见，我希望能够探知一下你的才能，从而能够有朝一日为我们山村的繁荣贡献出自己的力量。倘若当真如此的话，我有能力最终将你送上成功的道路，那么请告诉我，你能够做些什么，并且在未来的年月里，你想要达成些什么。"

　　如果说王熙琦为子之的回答所惊讶，那么这种说法可真是低估了商人的反应，因为与其说是惊讶，不如说，对于他所听到的一切极为惊讶、目瞪口呆，甚至可以说是有些不明所以了。甚至对于他所见到的都是如此，因为子之并没有低下头去，以一种谦卑恭敬的方式同他交谈，而是双目直视着自己，几乎以一种兴高采烈的方式在表达着自己的想法，但却毫不咄咄逼人，也丝毫不令人恼火。那种口气，简直就是一个年轻的隐士，以一种欢快的口气，在同一个上了年纪的朝圣者，在他等不及回到城市的时候，解释着这个人世间所有事物的生死无常。

"我能够在峡谷间的一根绳索之上，将我的双手作为平衡杆，平衡地前进；我也能够翻过陡峭的悬崖，来采集野蜂的蜂蜜……我知道大部分花儿的名字，而且担保不会搞错……我还能够辨别出有哪些植物可以用来治病，而且现在我辨别它们的能力越来越出色了，我也能比从前更快地诊断出那些令村民们饱受困扰的疾病和精神疾病的根本原因……我还要说的是，我可以在黑暗之中清晰地看到东西，我在夜晚的视力就像在白天那么好，而且动物们在同我相处时，也都非常温顺，因为它们知道我不会对他们包藏祸心。尽管我愚昧无知，除了一些最简单的计算之外，也不懂怎么打算盘，但我想我具备其他的禀赋……比方说我懂得如何焙烧瓷器……我甚至对那任性的天气也都了如指掌，即便是最稍纵即逝的天气变化也逃不出我的感知，比方说那些总是令我们防不胜防的暴风……我在里美山落地生根，因此我真的不想远离这个村落，我的命

运也只属于这里，所以我想要做些有用的事情，比如说搜集先人们的各种见闻，他们在漫长的人生之中所拾取的经验教训，对这些零零碎碎、甚至模糊不清的知识见闻进行查阅，并且找到他们能够将里美山这个村庄，建立成为小村落的典范，在平静与和睦之中，享受着它果园美味的原因。然而这并非易事，因为我们的先人们并没有轻易地吐露这一切的缘由，尤其是，他们往往都没有经历品尝太多，便已经结束了他们的匆匆人生路，而且他们担心，假若他们赶紧将这些知识传授给别人，那么他们也许就会成为没用的人了，更有甚者，他们所发现的那些事物，有时会是一些前人的智慧从来都没有意识到的东西。我也并不想要谈及那些人生所教给他们的东西，因为这样我会把自己也置身其中，从而显得太过自负。王老爷，我全部的知识其实都在您的脚下，轻易便可获得，它们也就是一些琐碎的技艺以及一些我感知到的新颖的技术，甚至他们只需要通过观察便可以得到掌握，无须多么可靠的支持，亦无须艰深的研究，也没有什么可作为参考的作品，不过观察这样的活，无疑会让您这样知书达理的人感到无聊。"

此时，当听闻知书达理这样的用词时，王熙琦也感到了一丝恭维的意思。

"尽管如此，如果将这一切首尾相连地进行观察，并且去对比下临近的村落里这一切的完成方式，那么也许有一点能够革新……"

王熙琦打断了他的话：

"对不起，请你不要提到革新这两个字！"

"……也许有一天，能够改变田间劳作的方式，并且从而导致全新的发明，这也将令中华文明的伟大更加不可动摇！"

王熙琦再一次打断了他的话：

"我们汉民族的祖先们，早已将所有意义非凡的伟大发明——完成了！墨汁、造纸术、罗盘、指南针、茶、火药、丝绸、筷子，还有风筝！"

"您遗漏了一些什么东西……"

"快说，快说……我究竟忘记了什么？"

"面条呀，王老爷，面条！"

王熙琦用一种嘲弄的口气揶揄着眼前的年轻人：

"不想要重新发明面条吗？"

对于商人问题里那含沙射影的嘲弄意味，子之也

听得清楚：

"当然不是，不过中国人一直都是以面食为生的，而这也是一直以来唯一被用作和平目的的发明，因为面条，它在军事上并没有作用！相比之下，无论是火药、指南针、墨汁、造纸术、罗盘，还是丝绸和茶的贸易，它们的发明和发展，无一不是通过军事的征服，或者是军事力量的支持，方才能够得以实现……但是面条……还有筷子……"

"你都在说些什么呀？我发现你对于士兵们似乎并不喜爱，然而如果没有了他们，即便是里美山这样平静的地方，也会陷于混乱之中无法自拔，而且你是否知道混乱将会带来什么？断壁残垣、一切化为乌有、尸骨如山。你怎么能不支持军队呢？"

"您是否允许我做出回答？"

"在我们现在的争论点上，为什么不行呢，归根结底，我开始相信，你的知识能力实在让我有些望尘莫及了！"

王熙琦手心里的那两个坚果滴溜溜地转着，他此时的紧张之情也可见一斑了，而他的拳头也敲打着那只黄花梨几案，这是爷爷在海南岛旅行归来之后带给他的。

"上周，"子之重新开始说话了，"我与宗仁老人不期而遇，而我们也一道在斜坡上的一棵树下休息了足足半个时辰，就是那个把两块田野分开的斜坡，其中一边人们种上了黍稷，而另外一边则种上了高粱。我们每个人都有一瓶水，当我们将瓶中的水饮尽之后，他便站起了身来，并打了个手势，用一只手抓住了只蜜蜂，塞进了一只瓶子里。随后，他又将一只苍蝇关进了第二只瓶子，当然瓶子的细颈并没有被封死。夜幕降临之后，他便点燃了两根蜡烛，并将它们置于两个瓶子的底部之前。"

"他随后问我：'你认为随后将会发生什么？'我对他的回答是，苍蝇将永远都找不到出口，并且将会慢慢地在瓶子中死去，而相反的是，机敏而灵巧的蜜蜂则将毫无疑问地找到逃生的出口。听到我的回答后，他大笑着离开了，此时栖息在树上的白鹭，正在无精打采地摆弄着它的羽毛，就在此时，一阵微风……"

王熙琦清了清嗓子：

"你能不能进入正题？你这洋洋洒洒的一番话，简直就像是下达的指令那样枯燥乏味。"

　　"王老爷，抱歉了……宗仁老人拍了拍我的肩膀，此时此刻，他正享用着高效的捕兽夹带给他的美味。他对我说道：'你错了，确实蜜蜂更加聪明，但它的聪明才智却令它回忆起了另外一个情形，当自己受困于岩石的缝隙里不能自拔时，它能够借着微弱的光亮，找到逃生得救的道路。你看那儿，蜜蜂正在不停地撞击着玻璃瓶的墙壁，而它也会因为自己的顽固而丢掉性命。'随即老人便拿起了蜡烛，放到了瓶子的开口处，蜜蜂立马找到了出口，飞了出来，他接着说道：'至于苍蝇，它根本就不会去思考，而是在瓶子里到处撞来撞去，最终寻找到了出口的所在……我要说的便是如此，到底谁会完成自救，这个答案已经很明白了！你现在年纪尚轻，所以要记住这点：在人生之中，极少会出现一个难题只有一种解决方案，一个问题只有一种回答方式，或者是达到一个目的只有一种方式的情况。如果你永远只用自己的理智去解决问题，那么你便会像那只蜜蜂一样，如果你自己摸索一番、犹豫一番，并且在两边摇摆一下，那么无论你所从事的是什么事业，也许你就会成事了。如果仅仅是不知变通地恪守着祖先们所传授给我们的东西，那么我们的命运也将会同那只蜜蜂无二，如果我们有尝试其他事物的好奇心，能够睁大自己的双眼，能够辨识大自然所教给我们的东西，有时甚至是在不为我们所觉察的时候，默默地传授给我们，这便是用自己的翅膀在飞翔，就像那只小苍蝇那样。当然在这两者之间，有一个最佳的契合点，而我们则需要脚踏实地地去寻找到这个契合点……'"

阵阵的香味从厨房里飘来，这不由地令商人感到了一丝焦躁，因为他最钟爱的一道菜——龙井虾仁，马上就要端上来了。确切地说，他实在不知道应该如何结束这次对话。

"我明白，我明白。"王熙琦重复地说道，"或许我们应该改日再讨论这个……当所有里美山的老人们都向你传授着他们的知识时，你应当在这杂乱无章中精挑细选，那么你将会走在发明一些东西的正确道路上……某些和面条同样重要的东西！谢谢你，我的孩子，祝你好运！"

说罢，王熙琦便大步离开了大堂，因为在亭子里，丰盛的午餐正等着他的享用。

子之环顾着自己的四周，他感到自己似乎已经发

现了全世界，确切地说是这个位于浙江省内的山峦密布的小世界。王老爷府邸大堂豪华的墙壁上，满是美丽的画卷，它们每一幅都似乎比其他的更加漂亮，而在所有的画作上，都署有一位子之所不认识的画家的名字——赵之谦①。

突然之间，他感到有些遗憾，因为自己不认识任何的艺术名家，而自己所有的生活都是同现实世界本身的接触，却几乎从未尝试过对现实世界的描述，至于理想化甚至是艺术化之后的现实则更少接触过。尽管如此，但还是有一回，一位工头的寡妇，曾经用她收藏的大量扇子，对他进行过一番色诱。由于她一直以来都乐于帮助村子里的游手好闲的年轻人，尤其是希望来自邻村（那些临近的村落，发展的速度较之里美山要更快）的他丈夫的那些昔日同事出手相助，因而在子之的眼里她一直都是个好女人。就在自家的一间屋顶带有天窗的屋子里，她开始勾引子之，她打开天窗，一道没有血色的光亮从那里照射下来，以透明的方式将她扇子上的那头驴活灵活现地重现了出来。

① 赵之谦：1829－1884年，中国清代著名的书画家、篆刻家。

她随即走到了子之的身后，将自己那有些湿润，并且浓妆艳抹的脸颊，贴在了男孩的脸颊上面，并且对他说道："你难道没有发现，这有些热热的吗？"然而他却似乎无动于衷，目光也未曾离开扇子地回答道："这扇子多么美丽啊！您能不能再给我看看其他的？"随即她便取出了几把其他的，在扇面上画着龙虾、鸭子还有鱼儿，但无论是什么动物，它们都是成双成对地出现，当然除此之外还有龙，还有李子树，还有各种各样的猫儿，和老鼠、蚱蜢、青蛙们被摆在一道。

"人家真的闷死了，你难道没发现人家要在这儿闷死了吗？"她一边说，一边从他的耳边滑落，甚至已经几乎贴到他的脖子了，而口中说来说去也就是这几句话，不过越发带着一丝娇媚的害怕。事实上他的确已经感到燥热难当了，而那位寡妇也的确感到有些虚弱不堪，然而并没有像突然死去那样跌在地上，也没有发出一阵长长的喘息之声，因为这样的话也许实在太假戏真做了。她慢慢地从子之的身体上滑落下来，围抱着他的双手则从未松开过。她试图以这种方式，让男孩的注意力不再聚集于对扇子的观赏之上。这时候，他不为所动地用脚踢开了她，将她推向了楼梯的另一

边，并且随即恢复了理智，低声抱怨着气候的无常。她介绍扇子时的话语也贫乏了许多。原本到了丝绸幕布之后，她早已准备好的那些妩媚攻势，如今早已失效，此时那里只能成为她的引诱失败的见证之地。她只有痛苦地落荒而逃了。

这一天，子之的阿姨惊奇地在他的衬衫的领口上，嗅到了某种橙子树和杏仁的气味。它是如此甜美，又是如此的经久不散，让人不由自主地联想到了那些发酵了的豆腐，还有那些放了一百年的臭鸡蛋所散发出的臭味：总之呢，这股奇怪的香味，并没有让这位勇敢的女性联想到某些香艳的故事。

不，子之并不识得任何的艺术名家，至少在里美山小村之外的任何艺术名家他都不认识。他认为在这个村落里取得令人尊敬的成就便已足够了，就像那位铁匠，当他在村里声名大噪之后，他便丢下自己赖以生存的铁砧和铁锤，而开始在米纸上绘制着八仙过海的图，更希望能够在小村庄以外的世界里，大胆地寻求自己的名望。

对于这种由人们所创造的美丽，他实在是一无所知，而正是这一点才让他有种屈辱的感觉，仿佛已经忘记了自己如今是在何时何地，子之面对着挂在墙上的画作开始了沉思。从一幅描绘巍峨高山的画作中，子之辨认出了黄山的山峰，而当他观赏着村里私塾的雕刻版时，映入眼帘的是雁荡山、天目山、莫干山还有天台山这些省内的名山——他喜欢花些时间浏览这等美景，并且将其存留于自己的记忆之中，然而他的目光立时被另一面墙所吸引了，随即便是另外的第三以及第四面墙，他一边看着，一边转动着自己的身子，就像是一个晕头转向的醉汉，为叠放在此处的描绘有松鹤、牡丹、秋菊、竹子、芭蕉叶、蟠桃、莲花、兰花、石榴、葫芦的佳作而心醉神迷了！噢，他也许并不能深入其中，读透个中的意味，然而他却以一种羡慕的心情，揣测着画师是如何巧妙地完成这些作品的，这一系列的画作代表着伏魔之神钟馗的魂魄，而所有的这些书法则都演绎着某些中国古代的诗篇名作。

"这些画作都是我祖父购得的……"

子之迅速地转过身来，这时的丽娟，正面对着他，她的两眼已经噙满了泪水。

"你都说了些什么呀，子之？你让我的父亲感到非

常失望。你要知道，他在饭桌上决定了的事，可是决计不会改变主意的！他并没有做出任何的决定，只是在大口大口地边吃边喝，在空腹的时候，他可真是冷酷无情的啊，当然，他什么都不说，也什么都不回应，我也无法从那时候父亲的反应里读出任何的东西。而且不同我与我的亡母不一样，她在那种时候会一样闷声不响地吃饭，以博取到父亲的开心，但我可不会在桌上安分地吃饭的，我会和他拌嘴，因为只有在饥肠辘辘的时候，他才会把那些我所期待的东西给我！"

"小姐，我实在不明白你对我说这些干什么。"子之有些结结巴巴地说道，"对于一个在我眼中糟糕地支配着自己父亲的姑娘，我真不知道自己应该说些什么，而且您希望从他那里得到些什么呢？我并非想要找到一个为王家这样的大家族工作的机会，而今天我之所以接受他的邀请来到这里，是因为我想这无疑是个机会，令我快乐，因为我能够重新见你一面，并且或许能够同你说上三言两语！"

看来丽娟并没有意识到当下的情形，她摆出了一个和父亲在几分钟之前相似的姿势，那种有些不自然的傲气一望即知。

　　所有的一切都在她的心中安排得井井有条了，而当子之向她伸出了自己的手之时，她便明明白白地知道，他便是自己此生注定的选择了。她不会再爱上其他任何人，而所有的人，自家父而下，便要从今天开始接受这一现实，最晚也要在明天就开始这一切。她也知道，他的心中也在想着同样的事儿，而他作为一名小农民的谦卑之心，也绝不会让他在这样的诉求面前有所退缩的。他因她而生，她也一样，她为他而生，他也一般，而这不就正是一场爱情展开的方式嘛，这两句话便已足够孕育出让两人厮守一起的理由了，那些令子之局促不安，甚至有些灰心丧气的，其实也只是事物的表象罢了，而她也希望自己的父亲能够明白这一点。丽娟低下了头，因为她不知道，他们的爱情究竟需要多少个春秋，方才能够在子之那成熟的心中开花结果。

　　"感谢你今天到这儿，我会一直等你的。"

　　子之从自己胸前挂着的囊袋里，取出一只棉质的小香囊，在这个香囊里，他已经在半个时辰之前放入了一些小茉莉花。他用双手捧着，将它交给了丽娟，此时此刻的他，再也抑制不了自己的心绪，激动的心情让他喘

不过气来，最终让他的内心再也无法保持那矜持的风度了。此时，当两人的双手相互触碰之际，在年轻姑娘的眼眸里，泪水已然夺眶而出，丽娟也收下了这小小的礼物——对于她来说，这已经远远不只是一件礼物那么简单了，而此时此刻，在这个满是赵之谦名作的大堂里，那种奇怪的庄严肃穆也由此不复存在了。

如果这一刻，王熙琦就在这间富丽堂皇的大殿里，那么他的内心会这么告诉他，发生在这两个年轻人之间的爱情故事，将会与王家过去十五代人所经历的一切都截然不同。至情至性的他们，也许能够经历一段最可歌可泣的爱情，甚至自从这个山村在山峦之间的缝隙中建立以来，也许都没有一颗里美山的心灵，能够以如此睿智和疯狂的方式，相信真正的生活需要一些出格的言行举止，甚至一些极端的表现。无论是丽娟对子之的爱，还是子之对丽娟，都带着这么一种出格甚至是极端。

……

"除了子之之外，我绝对不会嫁给其他任何人，如果他不要我的话，我就一个人终老，一生都不嫁人……”

王熙琦清楚明白地听到了女儿所说的话，对此他实在是惊诧异常，要知道，这时候他可还没问过女儿任何问题。他这性格无拘无束的女儿，早已习惯于向父亲发出这样或者那样的赌咒，这些赌咒就像是冲头一样。王熙琦知道，当女儿的说话越是简洁明了的时候，她的意志便越是不会最终被他的话语所动摇。也许这便是女儿同他颇感亏欠的亡妻的最大不同，妻子在这种情况下，往往会最终对他做出妥协，当然仅仅是在那些不重要的问题上，亡妻才会在自己的立场上有所动摇。然而，要让丽娟改变自己的观点，这简直是比登天还难啊。

王老爷看到女儿还在那富丽堂皇的厅里，她并没有向父亲隐瞒，子之在看到了赵之谦的画作之后，显得有些焦虑不安。在平时，丽娟也把艺术当作是自我消遣的一种方式，而王老爷也一直都谨慎地提防着女儿是否会借题发挥，把一场鉴赏艺术的对话引向别处。

“我得知这个的时候，真是非常高兴！你的伙伴可真是表演杂技的好材料啊，甚至他也许可以成为

一位出色的医师，而且我可以肯定的是，有朝一日
他一定能够培育出新品种的蔬果……去饲养家畜。
但是糟糕的是，他却一点都没有雄心壮志！你瞧瞧，
你提到了赵之谦，那你知不知道，他在二十岁的时候，
通过了乡里的科举考试，但是直到整整十年以后，他
才在省里的会试当中脱颖而出！在这十年里，他一
直都在培育自己的艺术才能，而子之便应该以他为
榜样，而不是整天都将自己的眼界局限在那些卑微
低下的工作之中。我要你相信，他不会再为没有计划，
为缺乏眼界，或者为没有一个同他的名字相匹配的
目标所累。"

"父亲，怀着对您最真切的敬意，我想要问一句，
这几堵墙今天将要见证的宏伟蓝图究竟是什么？"

"小坏蛋啊，当然是继续我们这个家族曾经的
基业！有鉴于此，我还是要同你再次强调一遍，在合
适的时间，我将会为你选定你要成亲的对象。我们的
家族可不是靠着各种天马行空的遐想，才能够在如今
富甲一方的，而你呢，却总是产生各种各样的奇怪念
头。对此种种，我真的是有些失望啊。我现在已经几
乎是束手无策了！不错，有那么一刻我曾经相信——

毕竟因为我们并非生活在一个乐于接受新鲜观点的时代里——这个年轻的男子，尽管出身低微（说到这里，丽娟显得有些不快了），哦，对！哦，对！我们先别紧张，我还是用出身平平、来自平民阶层来描述……当然，因为你对自己所见所闻的信念，因此我也肯定相信，这个年轻人将会带给里美山新的希望，甚至也会令我们家族受益匪浅呢。"

"我想跟您谈论宏伟的蓝图，而您却只是想用那些我一无所知的算术，来帮助您实现财源滚滚。爱情在你的规划里就没有任何位置可言！"

"相反在你的规划中，爱情占据着最中心的舞台！你难道不明白吗，我们正在经历一段麻烦的时光，尽管里美山尚且远离那些是是非非，但是可千万不要错误地认为里美山在乱局中就像世外桃源一样，一切的危险都不复存在。我们确实家底殷实，而且我们并非是唯一的有钱人，但是我们的生活方式只能令得自己招来他人的嫉妒之情。如果我们能够同一个强大的，在朝廷里为官的家族联姻，并且由此跻身权力阶层，那么我们的状况便能够得到巩固，那些疯狂的举动也不至于会威胁我们。"

"除了子之，我谁都不嫁。"

"这么倔强的女儿，你真是让我不知如何是好！那么你到底有没有对他表露过心迹呢？他有没有向你表白过呢？"

"时间紧迫，我们没来得及相互表白，但是他所表现出来的一切都令我相信，他的感觉绝不会同我相左！"

"一切？"

"对，甚至包括他的沉默！"

"对于你如此浮夸地自信满满，我只能失望地说，并不能给予你任何的保证。"

"没关系，父亲，我们还是别再说这个了……"

……

当子之回到家里的时候，和丽娟所相似的对话场景并没有发生。王老爷在和女儿的交谈中，不由地感到了一阵负罪感，他知道，由于妻子的过早离世，使得丽娟失去了很多东西。然而与王老爷不同，子之的母亲虽然也过早地失去了丈夫，但她在教育自己儿子的过程中采取了某种听之任之的方式，其理由也再简单不过了，因为她从来都没有执行这样一种权威的必要性，在年纪尚幼之时，这个孩子的行为举止已经显得如此成熟稳重，村里的老人们也找到了一种向他传授智慧的方式。从这点看来，子之对他的阿姨来说可算得上是一份无心插柳的收获。

　　子之从来都不是个孤僻的孩子，也从不异想天开，人们从未见他无所事事地闲荡，也从未见他戏弄村里的姑娘们，更从未见他捡起石头砸浪荡的狗儿以此取乐。彼时绝大部分的少年人都充满着强烈欲望和渴望，他们的头脑里总是打着各种异想天开的主意，那些乱七八糟的点子总是同他们生活的现实格格不入。然而在子之成长的过程里，他却从来未曾让脑海中的虚幻世界成为现实生活的取代品，因为现实在他看来并不令人沮丧，也不使人忧愁。从某种程度上来说，子之的聪明才智确实同他的年龄极不相称，对于一年四季的天时变化，以及人们如何能够从气候变化中获益，他都再清楚明白不过。他勤劳而坚毅，不希望看到里美山先人的任何遗产从此埋没，因而他忙于搜集各种各样的见闻和观察所得，而他也将老人们的这些话语

记录在自己的小本子上。此时此刻的子之，尽管还没有到而立之年，村里的人们就已经向他询问各种各样的事情了，比如说农业的灌溉、土地的施肥、种子的质量，以及如何去除寄生虫、栽种时的布局安排，还有包括如何让里美山出产的农作物能够在村子以外有更广的销路等等，他甚至还曾经带领人们去开垦村子里闲置的土地。

当子之分配给众人任务，并且指挥着田间劳动时，人们会发现，在别处从来都不会看到那么多的女性在田间进行劳作。他总是在早上第一个起身，并且第一个操起农具开始劳作，他总是露骨地展现着自己那健美的身形，而每当日落时分，或者是他兴意盎然想要炫耀下自己时，他总是赤裸着上身，走过田野和果园，引得为数不少的女农们驻足围观，无论是年轻的女孩还是上了年纪的妇人，都似乎把他当成了里美山的黄飞鸿。当然，并不仅仅是那些农妇们，那些富裕的农户也抱怨着自己的妻子、母亲、三姑六婆、姐妹、女儿、女顾主，还有他们的女性友人们，从晨间起就列队在田野之旁，开始做家务活或忙着针线活，只是为了能够一尝与俊美的子之不期而遇的幸福。这个单身汉竟然是如此魅力非凡，就连里美山村里最有钱的女人们，都顽固地不肯接受这样的说法——他那穷困潦倒，甚至可以说是饱受苦难的父亲，其实来自远方的大洋镇、厂口村或者是尖山。

而为人们所不知的，是在每一年的某天，都有人会将一只棉质的香囊，放在那级不安分的石阶之上，而在香囊之中满是茉莉花，另外一只手则会取走那个香囊。两人的相遇总是在静悄悄地进行着，无论是丽娟还是子之，都一言不发，五十年之后，同样的场景又一次出现了。

在第五十一个年头上，当他在那块并不坚如磐石的石阶上等待之时，他看到了丽娟的一个侍女远远地走来，并且告诉他，自己的女主人已经得了重病，如今要请他去为她进行医治。子之立即就明白了，那个时刻已经来到，而他也将会在这一天圆满地完成自己的使命。于是，随着侍女的脚步，他在半个时辰之后来到了丽娟的床头。

她让他坐下，而他却跪在了床头。

"子之啊，这可是一个大日子……我们痛饮一番吧……为了我们的幸福……也为了祭奠我们的家长！"

丽娟用一只手让丝绸披肩滑了下来，而它之前盖住的那只水晶坛子里，千百朵的茉莉花正浸泡在这坛白酒之中。侍女缓缓地将酒倒入了两个银杯之中，丽娟将自己的手臂放在了子之的手臂下，两人相视着、微笑着，随即便一口一口地共同品尝着杯中的佳酿。

"你在想什么呀？"丽娟问道，"你可别回答我说你正试着回忆起某篇李白的诗作！"

"这些年来我一直都在想着……我一直都在扪心自问，假如我又一次出现在你的父亲面前，就像其他为数众多的求亲者那样，请求能够同你牵起手来，那么将会发生些什么呢。我能够肯定，他一定会大声呼喝着把我撵走的！"

"你错了……也许最初的两三年里肯定会是这样的……而自此以后他便会有所犹豫了……然后，随着他的身体状况越来越差，他开始明白，任何人都不可能让我回心转意的。接下来我要让你大吃一惊……在他去世的前一年……那时候已经虚弱不堪的父亲，做出的举动让我都大感意外的举动……"

"怎么说？"

"我父亲在孙中山宣布中华民国成立后不久便

驾鹤西去了……那时我已经三十二岁……如今我已经六十五岁了，一个风烛残年的老妇人而已……啊对了，就是在那一年，1911 年，我生了一场大病，而他知道每一年我都会带着那只满是茉莉花的香囊……他看到了我在水晶坛子里倒满了白酒，而当我将香囊里的茉莉花纷纷倒入坛子里的时候，我也并没有背着他偷偷地做。当我们相会的日子日益临近的时候，父亲走进我的房间探视我，并且告诉我说，到了那一天我不必亲自前往那里，并向我保证说，到了那一天自然会有人前往古老的石阶完成这件事……我又怎么能想到，他并没有派我的一个侍女代替我前去放置香囊，而是他亲自替我去完成了这一切……哦，对了，你只看到了我的斗篷，还有我这顶低低的风帽吧……而且还有戴着我的手套的手……我相信他也想要同你说些什么的，想要对你说如果这是我们共同的心愿，那么他就不会横加阻碍，再也不会横加阻碍……然而我想他并没有冲破自己心障的勇气，因为这样也会暴露他冒名顶替的行为，并且暴露出自己的真面目……"

"你的父亲……我真是多么后悔啊！丽娟啊，我

精通很多很多的东西，比方说水果、蔬菜，还有平常人家所饲养的家禽家畜……甚至对于山峦、河流还有平原的秘密，我都了如指掌，是的，我精通这么多东西，但不包括激发起人类的天性！"

"你说得真好。"丽娟一边温柔地拍手，一边叫道。

"我从来都未曾想过，你我二人能够在这个世界上幸福地厮守，"子之说道，"然而永恒将会属于我们，而关于这对爱侣的回忆，也会经由最后离开人间的那位，在众人的口中久久传唱。自从他们相识的第一天起，他们的爱情便遭到了棒打鸳鸯的命运，他们很多年里都无法像其他相爱的人那样结成眷属。如今既然我们要结为夫妇，那么除了留在我们心灵中和灵魂中的东西之外，我们也不需要分享其他的。"

他停顿了一下，看着自己挚爱的女人，想要去握住她的手。

"一直以来，我都宣扬着这个荒唐的观点，女人是不会衰老的……"

"也正是因为此，所以你才能够在她们之中如此受欢迎呀，子之，当然也正因为此，所以有很多的丈夫对你感到警惕。"

　　"这也并非我这么做的目的，当第一次见到你的绝世容颜时，那个年纪的我还能奢望什么呢，能够遇到如此美丽的女子已然是一种快乐了，而有多少不幸的人儿，整天都要为那些丑陋的人，像常春藤一样，日复一日、年复一年地缠绕着呢。"

　　"当我们决定在一起的时候，我们是否应当去在意，其他人是怎么想，会怎么说我们呢？"

　　"不。"子之一边允诺着，一边牵起了她的双手。

　　"我会不会让你有些尴尬啊？这五十年来，我一直都在相思的渴望中备受煎熬！"

　　"真是一段漫长的煎熬！你所受的苦要远远地多过我！"此时，丽娟托住了他的面颊。

　　"别这样！我苦苦等待了五十载，所期盼的并不仅仅是面颊上的一个吻！"

　　丽娟打开了一把硕大的扇子，这把扇子是用孔雀的羽毛所制成的，随即，子之温柔地将扇子重新合上了。

　　"我向你保证，我从来都没有吻过别人，不过我曾经暗暗地许下诺言，不论我发现扇子能够做些什么，我都永远不会将自己的面貌掩藏在这样的物件后面，

去亲吻那个我所钟爱的女子！"

……

丽娟不久之后便恢复了健康，而她和子之也在几个月之后喜结良缘，他们就像是两个老顽童那样，度过了自己全部的人生，也决定丝毫不去改变自己生活的方式。

如是，他们的幸福令人羡慕。

第三章 大雾

　　1799 年，里美山因为某种奇特的自然现象，而与世隔绝了很长一段时间，这一切恰好发生在乾隆皇帝宣布逊位的第三个年头上，这位已经统治了一个甲子的皇上，以一种虚情假意的谦逊将皇位禅让，以免让自己的统治年份超越他的祖父康熙。也就是在这三年里，他新登基的儿子嘉庆试图在宫廷中树立起属于自己的权威，然而这一切直到老皇帝驾崩之后方才得以实现。

　　那个时候的里美山，只是一个拥有十多户人家的小山村罢了，而人们也仅仅赋予它全中国最小的行政单位——排，按照当时的保甲制度，十个排方才能组成一个甲，十个甲则可称其为一个保。如是，每一个

行政单位都对应着一套社会体系，朝廷也用这样的制度来稳固江山社稷，并且从中获取税收，而每一个家庭也都有履行这一切的义务。然而就在1799年的里美山，人们却并未践行律例上所规定的这些责任。这是因为这个小村实在地处偏远，外人难以探知其具体的位置。何况在经商方面，里美山村里的村民也顺其自然，并不费力推销。他们乐得清闲，过着这种与世隔绝的生活，对于自己这份朴实的收入已然心满意足了。然而，当遇到艰难的处境时，他们所展示出的勇气却令人称道。

村子里有五家农户。他们负责耕种村子房舍周围那些土地大都位于山坡侧面。实际上，里美山这个山村，就建立在一个斜坡的高处。还有一户家里既有优秀的泥瓦匠，又有杰出的木匠，还有出色的铁匠——或者更确切地说，有那么一个工头，他的一个儿子是泥瓦匠，另一个儿子做着木匠的活，至于铁匠的工作则是由他的妻子来完成的。另外，在一户商人的家中，饲养着诸如鸡啊、猪啊、牛啊，还有鸭啊之类的家禽家畜。除此之外，村子里就只剩下两位寡妇和一位鳏夫了。当然还有一位隐士，他借口山中的洞穴间跳蚤横行，便离开了那儿来到村中居住。

在里美山，邻里之间极少有争得面红耳赤的时候，当然那两位寡妇之间是个例外。她们其实是孪生的姐妹，眼见自己日复一日地年华老去，心头的重负始终无法卸去，尤其是在她们执手相望的时候更是如此。至于那位鳏夫，就被她们当成是各自已经去世了的丈夫——更多是在幻想当中，而并非是本性的轻浮——他本人也会同时对那两位寡妇大献殷勤。时不时地，村庄里的人们会在子夜时分，被两位寡妇的喊叫声所吵醒。这对同睡一张床的孪生姐妹，在和她们丈夫的影子偷欢时，似乎真是在忍受着他无礼的触摸，姐妹二人心中都有些妒意，

当然，关于这一切发生在里美山的现象，都不曾有文字上的记载，而那些口口相传的故事，留下的见证也少得可怜，无法滤掉那重重疑云。

然而还算确凿的是在 1799 年 2 月 7 日的晚上，整个天空都被一阵明亮所笼罩了，人们犹如在白昼之中一般。隆隆的雷声不绝于耳。在这一阵阵闪电的光亮之中，里美山却令人惊异地平静如水。天空的颜色，从淡淡的蓝色，逐渐显现出最明澈的白色。村子周围

所有的空气，都在模糊间显得如此步调一致。里美山的村民们当然都是勇气可嘉的，然而这并不意味着鲁莽冒失。所有的门和窗户，在稍稍地虚掩着打开之后，随即又都轻轻地关上了。

静谧的夜晚被这一阵声响打破之后，伴随着某种嘈杂之声的，便是在此后三个时辰之内，连绵不绝的声响，就像是有一支军队包围了里美山这个小村庄一般。当然，这并非是金戈铁马的声音，因为这一切都来自天上，而不是什么尘世间的声音。

村子里的人们早早地醒了过来，不过却并没有急着起身，因为村里的公鸡并没有啼晓。事实上，没有任何的声音来打搅正处于不寻常寂静之中的里美山——没有犬吠之声，没有猪猡的咕噜声，没有猫儿的喵声，甚至那两位往日在天将拂晓之际便开始叽叽喳喳个不停的寡妇，也安静了。

首先起身的是那位隐士，当然他也就比其他村民早起了几分钟罢了。他很少会站立超过半个时辰，而是更加中意坐在某个长长的座椅上，那样他便能够摆出很多种体态各异的姿势。

他忽然感到饥肠辘辘，因为通常村民们总是会带给他几根油条以及一碗饺子汤和一大碗的豆浆，他对于猪肉馅的饺子从来都是爱不释口。他也酷爱包子，然而村民们还是决定收敛起自己的慷慨好客，因为在短短几个月里，他已经成了整个省里最肥的隐士。当时，他突然不期而至地光临山村时，村民们于是把浑身上下瘙痒的他隔离起来了——而这倒是没有对他的正常生活造成任何的影响——为此还准备了一些用醋和医用蕨类为基础的涂料。人们把那些涂料装进了一只瓦罐，以便于他能够悠然自若地粉刷那岩洞的墙壁。一位寡妇向他提供了一只饭碗，而另外那位寡妇连同村里的所有人，都向他送上了美好的祝愿。然而仅仅两日之后，他便以岩洞的土地在醋的浸泡下，已经令他无法安然入睡为借口，回到了村子里。

在做隐士之前，他曾经饱餐过一顿黑米醋调味的炖牛肉。甚至直到今天，它的美味依旧久久地萦绕于他的脑海间。毫无疑问的是，里美山的村民们做的炖牛肉，要好过全中国的任何地方……因此他也不能再待在那个洞穴中了。有人建议，将一些红米醋放进药水里，这样便能够对付烦人的跳蚤们，然而一位伶牙俐齿、总能够逗人开心的农夫，却劝阻了此事，说这

么做首先就是在浪费时间，并认为假若如此，那么隐士将会很快编造另一个借口，说红醋将会令得他回忆起他离开村庄，回到山峦之间的前夜，曾经快乐享受过的酸鱼汤美味，然后再次回归。何况此时的里美山并没有一所学校，因而不妨将他留下，给予他美味佳肴，同时让他对村子里的孩子进行启蒙教育，使得孩子们在童年时代就不至于野性难驯。

隐士的心里闪过了一个念头，他想要把村里所有的人都聚集在一起。他现在肯定饿得发慌了，不过这种饥饿感如今却令他收紧了肚子，而不是大饱口福。他既不是一个勇气可嘉之人，也不是个鲁莽冒失的家伙，在无法得知村子里究竟发生什么事的情况下，他蹑手蹑脚地回到了自己的茅屋，等待着一阵大雾的徐徐升起。原则上来说，他是反对在午夜和中午之间做任何事情的，整理自己的房屋除外。他将最后的一盏烛火熄灭——每天晚上他都用自己的想象将它点燃，随之而来的便是一系列的好梦和噩梦。

……

商人首先打破了周遭的沉寂，看起来他对自己家禽家畜的健康还是颇为上心的。他偷偷地先用眼睛瞄了瞄窗外，随即他的脑袋和整个身子也开始活动，在沿着自己的屋舍走了一走之后，他发现所有的动物，尽管鸦雀无声，并且有些精疲力竭，却似乎并没有遭受任何的病痛，起码没有任何会让牛奶、鸡蛋还有肉类的价钱跌下去的疾病。在半信半疑之下，他去敲了敲邻居家的门，那里住着工头、泥瓦匠、木匠和铁匠，邻居们在重重的疑虑之下，让他去重新确认一遍自己家中的鸡是不是真的没有少。这不由地让他想要确信自己可并不是个骗子。在重新清点了一遍之后，那四位工匠要求村里的所有居民组织一次会议，以决定下一步应怎么做。当然在这期间，他们依旧没有向他敞开家门。

没有一位行政官员在场的情况下，女铁匠便发话了。在村里人所从事的所有职业当中，自己的那份才是最辛苦和最壮丽的。事实上她像是庙会中的大力神一般。她的相公还有两个孩子都为有这样的夫人和母亲而感到骄傲。此时的商人，对于自己似乎已经被当作是个坏蛋，并且只能在一扇紧锁着的门前进行对话

而感到有些恼怒了，他便不由地反驳道，自己可并没有加固猪圈篱笆的打算，而只是对一种前所未见现象的反应罢了。在没有一位行政官员在场的情况下，他认为最适合的方式便是，向村里唯一能够给出建议的人寻求帮助……自然便是那位隐士了……然而当他肚子里空空如也的时候，人们可没办法从他嘴里撬出一个字来。于是，一顿香喷喷的早餐端到了隐士跟前。在优先命令之后的，便是需要解决所有村民的需求了，他们把鼻子凑到了窗外，想要看看，那个正将自己暴露在严重危险之下的家伙，究竟会给出怎样的答复。大家至少能够在这种方式上达成一致，将麻烦降低到最低的程度，以便以后每个人都能够畅所欲言，而不至于还像现在这样，依旧无力解释这样一种现象。

往日当他感受到某个有权力的人士站在他跟前的时候，泥瓦匠总会很轻而易举地送上令人肉麻的奉承之语。此时此刻他也情不自禁地发出了一声"说得好！"的赞叹。不过因为他无法克制自己的谄媚之词，他立马就收获了一记清脆响亮的耳光。他的母亲尽管还在打造器具，尤其是铁铲——对他来说就像是骑着的马儿一样——但是仍旧腾出手来赏了他一记。

　　对于人们奉献给他的那些佳肴，隐士自是乐得享受，他的五脏庙也因此常常感到百无聊赖，尤其是当他吃得大腹便便，或者感到胃里翻江倒海的时候，哪怕是轻微的一点点都会令他难以自持。村民们等待了良久，这也令他们能够好好地对周遭的情形打量一番了，不过这位隐者还是得寸进尺地再要了一碗豆浆，当然也还是得偿所愿了。

　　如果说所有人对于这个村落的第一印象，是它坐落在一片如桌布般大雾的中心地带，那么人们也并没有闲情雅致去探究这块台布究竟有多厚。说句实话，人们甚至不想去接近那里。

　　大约是巳时时分，村民们一起来到了一处满是樟树的土台上，他们也骄傲地将它称作是村落广场。隐士将豆浆碗放在了地上，并且开始发话，然而不幸的是，他的嗓音是如此尖锐。在很多场合下，那些具有男子汉气概的声音会让人心安，然而在里美山这个小地方，除了女铁匠之外，却没有任何人，能够利用自己的某个器官，制造出如同编钟里体积最庞大的铜钟般低沉而厚重的声响——当人们用一个木槌乏味地敲击着它时，所发出的那种响声。

　　"我就从结尾处开始说吧……这也是一种叙述的方式……因为我们所有人都希望，这种现象并不意味着世界末日的来临……如今皇上的父亲，也就是乾隆大帝，已经老迈不堪了，而人们也纷纷传言说他已经重病缠身……他的统治年月是如此之长，以至于我们这一代人已经不再习惯国家领袖的更迭了，其实在中国历史上的大部分时期里，皇权的更迭都是你方唱罢我登场的短暂统治罢了。我并非与生俱来的隐士，而是生活的状况令我抛弃了尘世的喧嚣和无意义的琐事。自从孩提时代起，我的脑袋就被用作另外一项劳作，看我这丑陋的样子，我常常因此而被人笑话，人们也认为我应当去干驱邪镇鬼的活儿。"

　　随即而来的便是一个强劲的饱嗝。这似乎在告诉正在开大会的村民们，里美山的饮食决计不会沦于隐士先前所宣扬的无意义行列。于是人们都发出了会心的笑声。某些人认为，隐士曾经真的干过驱邪镇鬼的事儿，因为如今他似乎已经不再有恶灵所带来的痛苦了。

　　"我并不会同你们一五一十地说自己当下的生活，你们只需要记住，在过去的几百年中所产生的绝大部分灾难，都相当于上天对某位天子错误的治国方略，或者

是失德的行为感到不快，而进行的惩罚。神明们也以这
样的方式来警示尘世间的芸芸众生。相信我，真正可怕
的事情还很多，比如说地震，比如说滔天洪水，比如说
冬日的暴雪，令人们和马儿都无法御寒而冻死；还有在
饥荒的年月里，狼啃食着人类，甚至当树木的树皮已经
被饥民所扒光，不再剩下一点点水分的时候，人吃人的
惨剧就会上演；然后，还有肆虐成灾的蝗虫、连绵不绝
的暴雨、摧毁沿途一切的风暴，和快速传播的瘟疫……
要注意了……当神明们满意世人的作为时，那么他们降
临于世界的，将会是完全不同的一番景象：小麦和稻米
的大丰收、天空中出现的彩虹、五色祥瑞的云彩、遍地
生长的灵芝、白昼间便清晰可见的星辰、双生的莲花，
还有就是老柏树枯木逢春长出新的枝叶！"

那位木匠像极了自己的母亲，直来直去、丝毫没
有诗人气质，他身材魁梧、四肢粗壮、朝气蓬勃，此
时正在加工一根根的大梁。他将它们堆在了一起，做
成了房屋的屋顶，然后便抽身离去了，接下来的工作
则是由他那位泥瓦匠兄弟来完成。他并不喜欢说太多
的话，因为说几个句子有什么意思呢！对他来说，几
个有用的词、一两声的叫唤并且伴随着呼唤的手势，

这些就已经足够了。如果有需要的话，他会再做一遍呼唤的手势。

他用下巴指了指大雾，然后转身对向了隐士。

"这碗粥是什么？"

隐士冷冷地笑了笑。

"这是碗有七种珍宝和五位救世主的粥！就像我们在腊八节所品尝的那种，然而它究竟是用什么配方做成的，就没人知道了！你不妨将自己的手指伸进大雾里，然后再舔一舔自己的手指，如此这般，你便能够告诉我们，究竟缺少了哪种珍宝，或者是哪位救星了！"

随即隐者便什么都不说了，一方面，他已经注意到女铁匠，一位对孩子百般呵护的母亲，已经将自己的左手手掌伸向了右手的拳头，另一方面，这片烟雾的某个尽头此时也若隐若现，就像是一锅沸水中袅袅升起的蒸汽一般，并附着在那个放在地上的豆浆碗上。

所有的雾气都聚集了过来，停在了豆浆碗上，村民们也七嘴八舌地议论起来。

"这是山羊的毛……"（那五户农家一致地这么认为）

"这是凤凰的粪便……"（鳏夫的看法）

"这可是银耳啊，绝妙的补品，我在别处储藏了一些最优质的品种……"（来自商人的声音）

"这是没有栗子、没有红豆、没有枣汁、没有核桃果仁、没有松果，也没有葡萄干的腊八粥吧……"（木匠看来还是相信着隐士的话）

"某些令人恶心的东西，毫无疑问来自男人……"（两位寡妇也同样达成了一致意见）

"啊，好吧，您认为呢？……"（这个主意来自泥瓦匠）

"干豆腐吧……"（泥瓦匠的父亲这么回答）

"你们都安静点！……"（女铁匠发话了）

隐士的脸上现出了微笑。

"看，这真是令人大开眼界啊！你们难道忘记了发生在黄帝的妻子西陵氏身上的故事了吗，她喝了她的茶，正如我饮干了我的那碗豆浆一样，然后她……"

随即，人群里便发出了阵阵"噢""啊""噢噢！""啊啊！"的声音，只有泥瓦匠发出一阵"嘻嘻嘻！"的声音。

隐士用一根棍子，挑出了一根丝线！

"这并不是从大雾中抽出来的，同样也并不来自于这碗粥里，而是一个已经笼罩和包围了里美山的大蚕茧！"

"我要发财了！"那位据有着村落里绝大部分不动产的商人，闻之不禁大声惊呼起来，"不久之后，里美山就将会成为苏杭这样的人间天堂了！"

与此同时，鳏夫也不禁有点诗兴大发了，他开始指责起那两位寡妇来，甚至询问她们，这样奇妙的景致是否能否令他的文采再一次才思泉涌呢。

"也许，你少喝点酒就能激起灵感了。"其中一位鼓起勇气说道。

"如果你再也看不到当空的明月，那么你还能够写出点什么玩意呢。"另一位寡妇一边低下了头，一边附和着说道。

"你们要相信我，爱情会使得芳醇的美酒和当空的皓月都不值一提了，至于其他的物事也是一般，各种能够激起诗人欲望，令他们下笔如有神，尽显文采风流的事物，都无法同爱情相提并论！"

隐士走了过来，似乎要来化解鳏夫的尴尬。

"在先人所编撰并且收录的《诗经》里面，有一

首短小的诗，似乎能够恰如其分地反映此时此刻您的
心绪，而且我也并不怀疑，您的才华能够令您正确无
误地触及自己内心深处的活力……以及理智：

> 摽有梅，其实七兮。求我庶士，迨其吉兮。
> 摽有梅，其实三兮。求我庶士，迨其今兮。
> 摽有梅，顷筐塈之。求我庶士，迨其谓之。①"

　　两位妇人低下了头，也低下了自己的眼神，似乎
想调整自己的姿势来掩饰什么，而鳏夫呢，他的口中
念念有词，不过只是短短的"确实、确实"，直到自
己从隐者的直视中摆脱了出来。
　　所有人心中都不禁有个疑问，一个如此学识渊博
的人，又怎么会落难于一个山洞里，整天在跳蚤的侵
扰中遭罪。
　　此时，轮到作坊主了，他也希望通过隐士来消除
自己心中的疑惑。

---

　　① 摘自《摽有梅》，《诗经·召南》中的一篇。为先秦时代汉族民歌，
描写一位待嫁女子望见梅子落地，引起了青春将逝的伤感，希望马上同人
结婚。

"有个问题让我有些困惑不解，我好歹也是曾经做过些丝织品小生意的，当然这都是在遇到女铁匠之前的事了，她便在这里（人们并没有要求她此时起立，然而女铁匠却主动地站起身来，并且向人群致敬，随后她便鼓起掌来，其他所有人也竞相效仿起来），不过曾经的经历已经让我有所思虑了……对于一条蚕来说，它需要两到三天的时间，方能将蚕蛹编织起来，而蚕丝甚至能够达到五千尺那么长。而如今，有一把丝织的阳伞笼罩在我们的头顶，就如同是你所说的那样……它并不是丝织而成的……那么这把大伞，起码会有四十亩那么庞大，也就是说有两个里美山那么大，因为如果我没有搞错的话，不包括周围的田地，我们村子所占据的土地大小也就二十多亩的样子吧。也许有些人不明白，那么好，我来作一张图！"

说罢，作坊主便拾起了一根棍子，然后在地上划出了一条直线，直线为一个钟罩状的东西所覆盖，那便是代表着"蚕茧"的所在了。作坊主在地上画图时，由于商人的母鸡们在看到了颤动着的地面之后，想要抓住这难得的机会来啄食各种碎屑和谷物，因而又是一阵别样的骚动。

　　"我想请诸位注意了。首先，一个覆盖了四十亩面积的蚕茧，是否有可能在短短的六个小时之内织成；其次，蚕茧对我们来说到处可见，因而我们知道对于蚕来说，它必须要寻找到三个固定的支点以完成作业……然而天空是无边无际的……那么是不是说，织女本人是不是就像一个傀儡操纵者一样，将这个蚕茧像木偶一样悬挂在我们的头顶上呢？然后……令我最为困惑不解的是，通常来说蚕宝宝是从蚕茧内部完成它的编织……因此，请告诉我，那个能够编织出如此巨大蚕茧的巨大的毛虫，究竟躲藏在什么地方？"

　　木匠惊呼起来：

　　"我爸爸说得没错……产下这个蛋的虫子究竟去了哪里？"

　　他的兄弟也坐地起价了：

　　"我嘛，我只不过是个泥瓦匠罢了，不过要是有人问起我的想法，我倒倾向于那是一种针线活。好吧，我并不希望让你们误会我的意思，依照村子里习以为常的做法，我们应当以最快的速度，建造起一座供奉织女的庙堂，因为实在有太多事情要做了。不，但是……考虑到我们都是穿着衣服的啊！大家都知道，我们夜

以继日地都在采摘桃子和杏子！如此说来，让我们再回到这个茧本身，我们便不可以轻易地下结论说，这是一只从里面织成的茧了，它也同样有可能是从外边织起来的啊！如今，我们正在经历某些完全不同往常的事情，因此将其当作是一件平常的事物来加以解释，便会不可避免地误入歧途！坦率地说，无论谁是它的创作者，神明也好、人类本身也好，还是某种动物也好，无论它是从天上掉下来的，还是从其他某个不为我们所知的地方来的，制造它的人或者神已经被它掩藏起来了。"

"这也便能够解释我们晚上听到的，犹如军队行进时所发出声响，究竟是来自何方了。与我们的推断相反，我们应当时刻准备着，以便察觉到那条硕大的虫子，它会吞噬整个里美山的！"

这一小群人又聚集在了里美山的中心广场处，大胆的工头手里依旧执着那根棍子，似乎做出了某个防御的动作。而那两位寡妇，则几乎出自本能地紧紧挨着鳏夫，至于后者，则作为一个不幸的男伴，实在是享尽了搂搂抱抱的温存，时而被推上前头，时而又被扔到后头，时而被夹在中间左右逢源，甚至被抛在上面，或者被压在下面。

随即人们便有点惊慌失措起来……四下散开的人群显得如此群情激昂，随即他们又三三两两地聚集成几个小组：农户们聚在了一起，而商人手里则抓着一只母鸡，那三颗因为在五十岁上下就过早鳏寡而不甘寂寞的年轻心灵，也汇集到了一处，而女铁匠也同丈夫还有她两个孩子一道，组成了另一个小分队，当然，还有隐士，然而他并没有独自一人组成一个额外的分队，此时他认为，是合适的时候站出来让大家安静了。

"我请求诸位安静一下。"

显而易见的是，这个简洁而又十分庄严的讯息，并未让村民们的疑问暂时歇止，这些疑问所散发出的恐慌，对生活的美好追忆以及对生命尽头的遐想，早就在村民之间散发开了。那些在平日里应当备受指责的想法，此时却已经蔓延开来了。一些女子开始用污秽不堪的词语取乐，她们毫无羞耻心地肆意妄为着；而另外一些男人，心里也打着同样的算盘，他们同样细细地琢磨着，不过相比之下举止用词就要轻柔得体多了。所有人都羡慕嫉妒着他人的所拥有的——尤其是男人们和女人们的生殖能力……除此之外，还有他

人的财富、他人的土地、他人更加聪慧、更加富有、更加淳朴、举止更加得体的父母或者儿女。最后，当然就是这里的绝大部分村民所根本没有，或者不再有的东西，还有所有流放在意识深处抽屉里的那些幻想。至于这个抽屉嘛，尽管……是的，无论如何，他们都会在早晨、中午和晚上打开它，希望有朝一日这些梦想终究会成为现实，或者至少是开始一点点实现——也许是一块金子，甚至是一大块银子也成啊，总之这一切并不算太过分！也许又是成熟少女的鲜活面颊，会让人们想起刚刚采摘下来不到两周的鲜美水蜜桃，美丽洁白的牙齿、从不反酸的胃、迷人的诱惑力还有女士们优雅的或者男士们动人的微笑，然后呢，也许就希望有个一两亩的田地吧（当然啦，那位商人希望自己起码有一百亩地），这样便能够种些别的什么了，甚至可以经营起自己的小本生意。人们希望获得某位神明或者女神的垂青（各种各样的神明在中国实在是不计其数啊），然后所有的一切便可以顺顺利利，人们也从而会去追求更好、更舒适，以及更紧张的生活了——毕竟他们最上心的，还是享受他们的财富，或者恋上某个人，以及同时被某人所心仪吧。

　　简单地说，对于隐士和他的指令，人们基本都充耳不闻。

　　直到此时，人们听到了"砰"的一声巨响。

　　这一下声响，正是从穹门的中心，也就是蚕茧的顶部传过来的。

　　"快去瞧瞧，也许这个蚕茧的编织工人就会从那边出来了，"女铁匠就这么不假思索地喊了起来……这就如同是一个刚刚爆裂的浮肿一般，当你长期操作打铁工具之后，你的手指之间便会有这类巨大的水疱出现，而这也足够令你在好几日之间没法去爱抚自己心爱的男人了。

　　所有人的目光汇聚之处，确实，像极了水疱，而整个蚕茧的结构，也正是从那里开始逐渐松弛了下来，飘到了女铁匠的手上，然后又来到了作坊主的手上，坦率地说，没有多少人会对此依依不舍。工头的脸一下子变得通红起来，人们也真不知道，那是因为耻辱还是快乐。

　　隐士再次说话了：

　　"我已经请求过诸位安静一下了，然而你们对于我的话语却是置若罔闻，对此我只能表示，在沉溺于

自我世界不能自拔时,你们已经丢掉了脑子。请听我说,先前我并没有离开自己隐居的洞穴,在那里我并不感到自己的生活百无聊赖,甚至夸张地说,也许那是一种圣人般的简朴生活,这样的生活令我感受到了人们的庸俗和无知,他们只为了满足自己的性欲,或者是垂涎他人的财富而生活着。然而,事实并非你们认为的那般,我之所以远离了我归隐的所在,并不是因为我受到了跳蚤们的威胁,而是因为我听到了一个呼唤的声音。它是这么说的,那些跳蚤简直是如此不可思议地烦人,然而你们却不想想,当你们把自己耗费在与跳蚤们的战斗中时,你们一个人、两个人或者是一家人,将会有多少事情没法做!"

"确实如此!"鳏夫此时不由地惊叫起来,一边叫,一边格格地笑,并且不由地用肘关节推了一把跟前的两位寡妇,而她们也立足不稳,跟跄了一下。此时让他进退两难的,是选择首先去扶她们当中的哪一位。有些六神无主的鳏夫,这时候在心里衡量了一下自己眼前各种选择的得与失,其中还包括一个极其协调的动作,能够将自己的两条手臂都弯成小船状,从而同时将两位寡妇接住。结果,三个人都弄得灰头土脸。

对这个不期而至的糟糕场面，隐士似乎胸有成竹。

"我又一次需要担心，我们的会谈也许会因为陷入深壑，或者是因为汇聚了各种人性之中的卑劣，而无果而终了。对，就是这样，你们站起来吧！"

随后，鳏夫将两位寡妇拉了起来，并且对她们嚷道："不要再这么做了，这会在众人面前丢人现眼的！"这不禁让她们深感不适，因为这弄得好像犯错误的是她们一样。然后，两位寡妇便从那位不可救药的鳏夫身旁走过，并且向隐士走了过来，而他也还在向众人慷慨陈词呢。也许马上就将会是某种誓词，或者是某些劝勉，但人们对此还没有主意。

"自从我来到你们中间生活至今，已经有五个年头了，更加确切地说是住在你们上面，那个空气糟糕，而且到了冬天还特别潮湿的大山洞里，但是我毕竟是一个有忘我之心的隐士，当然，在自己需要同跳蚤们一起分享庇护所的时候，那是例外了……啊，那些跳蚤……我曾经扪心自问过，当我还没有在你们的村子里找到一处居所之前，究竟有多少烈士曾经在这里住过，而我也许会成为下一个……我热衷于对自然的观察，然而我每到一处，都会喂饱那里成群结队的跳蚤们，

因此我决意用'大方法'，也就是像犬类或者猫儿在奇痒难忍的时候所做的那样：我舔着自己、咬着自己，包括抵着那个奇痒难忍的地方，自己来搔痒，然而这样做却收效甚微，因为除非我是个柔术演员，否则身上某些受到感染的地方我根本没法碰到。鉴于这里有已经做了母亲的人，以及年轻的姑娘们（那两寡妇立即将自己归入了这一类人群中），我就不一一展示了，然而我还是要给你们瞧一下，被跳蚤蜇过的伤口究竟是什么样子的。"

接着，隐士便脱下了自己那件又厚又粗的布衣，它的色泽就如同是秋日的李子那般。于是，隐士的腿肚就尽显无遗了，女铁匠则用敏锐的观察，发现这腿肚已经有些变质了，尤其是在不同处都有粉红色的刺激痕迹，这便是那些臭名昭著的虫儿所留下的痕迹了。

"我也可以给你们瞧一下，在我身体的其他部位也有这类蜘蛛的、蚊子的以及臭虫留下的蜇痕。这样吧，让村里的孩子们围着我站一圈，这可是非常有教育意义的事儿！"

当这位老人要将自己左臀上不幸正在感染的臭虫的伤口给他们瞧上一瞧的时候，年轻的村民们早就已经挤做一团了。女铁匠一直以来都无所顾忌地做事，此时她竟然用自己那只平日里操作农具——尤其是铁铲——的手，在隐士的屁股上拍了拍，立即，隐士的屁股上就流出血来。

"这样就能对付感染了！"

隐士也坚持不住了。

"好吧，那些在山洞里到处肆虐的飞虫，我们就别为它们分心了，因为我有重要的事情要对诸位说……自从我在这里开始我的默思之后，已经有五年的时光了，我也不介意告诉你们真相，那就是，我并非生而为隐士的，这只是一种选择……然而这种选择，也是因为我之前的生活，而不得以而为之啊……请允许我讲一些其他的……当玉皇大帝派出了一位天界的仙女，下到凡间来寻找郭子仪①将军，去询问这位为保卫大唐王朝立下汗马功劳的勇敢将军，心中最热忱的愿望究竟是什么，仙女向将军保证能够让他的心愿得到实现。郭将军是这么回答的，在他的一生之中，已经目睹了战火纷飞的岁月，见到了人世间的不公，因而他所渴

---

① 郭子仪：697 — 781 年，华州郑县（今陕西华县）人，祖籍山西太原，唐代政治家、军事家。

望的一切，便是和平与快乐。另外，作为对将军的报答，玉皇大帝将其擢升到天界位列仙班，将其封为繁荣与福祉之神……为何我要同诸位诉说这个？因为对于我来说，除了为这个小村落的繁荣略尽绵薄之力之外，我没有其他更多的愿望了。然而如果这个村子要有繁花似锦的未来，那么同外界的接触交流便必不可少，只有这样，才会有立竿见影的改变。"

听闻此言，村民们瞪大了自己的眼睛，实在是无限惊讶。朝廷将要对我们征收新税了吗？在省里会不会有劫掠为生的匪帮？会不会有可以想见的起义和暴动？或者会有某种饥荒来临的征兆？

"有一点我同郭子仪将军并无二致……我曾经是一名朝廷命官，同他一样的是，我参加的并不是传统的科举文试，而是选拔武将的武试，此后我便成为一名朝廷的将领，并且在之后逐步高升，从军队里的一个军官，到最后成为另一个省份——四川省里地方行政的大员。看看我身上的奇装异服吧，是如此的简陋（此时在那两位寡妇的脑海中，蹦出的词汇是'多虱'），因而坦承自己曾经有过那么一段辉煌的岁月还真不容易，但事实就是这样。然而，至于这样权位的荣光下，有多少钩心斗角的文章，我也不便过多展开了。总之在几年以后，我便遭到了排挤，而被迫将自己的位子让给了另一位得到亲王赏识的命官了。耻辱是药效漫长的毒药，因为它会侵蚀人的美德。要知道，耻辱并不同于律法的惩戒，对于后者，人们尚可通过申诉来维护自己的尊严，但是前者，会令你疑虑中越来越懦弱，直至被压得喘不过气来。此时，一些人将你拒之门外，而另一些人则对你极尽侮辱之能事，并且绝大部分的人都对你投来最鄙夷的目光。我便发现那些不公道的决断，比起那些公正的决定，会产生更加长久的影响力。在这种绝望的心情中，我离开了成都，并且养成了这种苦行僧的习惯。从那以后，经年累月间，我行遍了很多的地方，而自己的生活则要靠着自己安详得体的言行举止，去赢得人家的同情怜悯和仁慈布施，才能够得以延续下去。后来，我博得了某位朝廷官员的信赖，对他日常的工作出言献策，并且提供帮助，不过这一切都只能暗暗地进行。就是这样，我才又结识了一些朋友，并且能够对中华大地上正在蠢蠢欲动的巨大动荡采取一些措施。对此人们能够以不同的方式加以解释：首先在军队里已经有太多的年轻人了……"

听到此处，女铁匠便用双臂紧紧搂住了两个儿子，其中那个性情顺从的泥瓦匠，觉得自己简直就要昏厥过去了，而木匠呢，却试图摆脱母亲手臂的束缚，仿佛生命的前途繁花似锦，当自己跨过了山峰、越过了山谷，那一身的利矛、头盔、长弓、短剑、长剑、坚盾还有铁甲，将会展现出自己作为战士的天性——直到这时他仍旧在隐藏着自己的这种天性，以免同自己那好斗的母亲起冲突。

隐士继续说道：

"除此之外，朝廷还征收繁重的苛捐杂税，如此横征暴敛也激起着万民的愤怒，此外还有各式各样的恶习不止——通过营私舞弊来获取财富却不受惩处，官府肆意断案草菅人命，各级官员间私相授受，官府的法令成为一纸空文，最终便是这一切权力场上所发生的丑行……这些便是我所观察到的全部。而我也不是唯一观察到这一切的人，更糟糕的，也许是我们先人教导的德行已然被我们败坏到这样的地步，令我们抛弃了对生前行善，死后升往极乐世界的信仰，穷困潦倒的人，也对于那个彼岸的仁慈世界失去了信心。无疑，起义的风暴已经吹遍了四川、湖北和安徽各个省份，并且即将刮向长江中下游的平原地带，到那个时候，将会令整个帝国的中枢彻底瘫痪！起义军自西向东，将会同样席卷浙江省。如今起义军的脚步正在向里美山逼近着，而我的职责便是准备好场地来迎接他们的驾临。"

"为什么是里美山呢？"女铁匠眯起了自己的眼睛，有着一种不祥的预感，"还有，阁下究竟是谁？"

"人们把我们叫作……白莲教的教众……我们有着源远流长的历史……大概已经有五百年左右了吧。四百多年前，在推翻蒙古人所建立的元王朝，建立大明王朝的过程中，我们的先人曾经立下过汗马功劳，而明朝的开国皇帝洪武皇帝也是我们中的一份子，他禁止士兵们进行任何形式的烧杀抢掠，并且依照佛家最美好的愿望行事。因此秩序得以重新建立，和平之光也照耀在整个国家的上空。明朝的开国皇帝洪武皇帝也以南京作为首都统治着这个帝国。那时的白莲教，逐渐地开始了转型，不过从未停止过对最卑微的民众的命运的悉心关照，甚至因此而忍受着外人的不解甚至是侮辱。"

听罢，村民们用忏悔般的眼神互相对视，在心里

暗暗地想到，谁会相信，里美山如今能够享有盛誉，是建立在这种不解甚至侮辱之上。他们甚至在想，如今这多事之秋，对于我们小村落来说，究竟是光荣还是不幸？

隐士继续说道：

"在起义军行进的方向上，里美山占据着战略上的要地，这也是我们成就大业的根本，我们要从里美山开始推翻清王朝的统治！"

泥瓦匠说："你说到了'我们的'里美山？"

鳏夫也插话道："只有爱情才会如此杂乱无章！"

商人也不甘寂寞地说："的确有一些刁民，不过这并不算多数……这并非因为常人所说的那般。我们中国人发明了纸钞，而是因为我们同样发明了信贷制度，起码在里美山是这样的！"

一位寡妇也插口了："这是一个与世无争的安静地方啊……在这里时光是如此的甜蜜……那些美好的往昔啊……在那些阳光普照的日子里啊……我喜欢采摘那茉莉花儿，因为那会让我回想起珍贵的岁月，尤其是我丈夫高尚的品质……"

另一位寡妇接着说道："昔日的时光，昔日的时光啊，过得可是真快！尤其是对于一颗多情的心灵来说更是如此了，尽管在珠宝匣中藏匿了许久，但依旧如同十七岁的年华般柔软光滑呢……不过也是，也许人家不时地会因为百无聊赖而顿感苦恼……当然，也因为那暴躁冲动的天性！"

木匠说道："这里没有美丽的姑娘们……和我年龄相仿的美丽姑娘……这便是里美山所严重缺乏的东西了！"

女铁匠："但是，现在是谁在扶持着你呀！如今的你，还在应当享受着母爱的岁月！等到合适的时间来到，大家自然会满足你的其他需要的！"

隐士："真是令人大开眼界啊！你们难道真相信里美山可以置身世外吗！"

作坊主："这些话当然不无道理……然而对于我们来说，着手各自眼前的这些琐碎事务已然足够了……您要看到，里美山甚至都没有监狱！"

商人又发话了："人们总把那些需要醒酒的人丢进我的猪圈里……如此这般，并不会有什么损失的……因为绍兴酒配上猪肉的味道可是相当不错啊！"

隐士："啊，好吧，但是所有的事情都是会变的……

而如今就是改变这一切的时候了，起义军已经逼近了里美山。我向诸位保证的是，我们已经从往日的经历中汲取了教训，因此我们的军队在民间神龙见首不见尾，并且从来不会采取常规军队那样的作战方式。我们一共只有数千人而已，然而这已经令我们的敌人闻风丧胆了，在他们眼里我们的数量甚至百倍于此，当然确实无疑的是，在不久的将来我们一定会有如此众多的追随者。尽管如此，我也必须要承认，我们曾经有些时候并不能很好地履行职责，同当地的百姓们一道分享作战胜利后的战利品，而那些东西是从那群窃取权力的家伙那里夺过来的，所以我们并不能够完全赢得民心。然而事情已经在改变了，我们的运动也越来越具有广泛的基础，如今我们已经准备好即将同绿营兵，以及北京方面用来对付我们的各类雇佣军部队进行一番厮杀了……里美山的战斗，将会因此而名垂千古！"

泥瓦匠："但是您在同我们诉说的战斗又是什么？就如同是战争那般吗？那种满地都流着鲜血和肠子的景象吗？但这实在是令人厌恶啊！那会玷污这里的一切，让人们处于各种难闻的气味之中，并且不会解决任何的问题！首先请告诉我，你们如何使得自己数千的叛军，消散在一个只有三四十位居民的小村落里，我并不想表现得咄咄逼人，但是我怕您是找错村子了！在这里我们可不会上缴任何的苛捐杂税！为什么？这是一个秘密，或许仅仅是因为没有什么朝廷命官，在我们身后大捞油水，赚我们的血汗钱。所有一切的争执，大家都会在村落的广场上一起解决，连母鸡和母猪们都能够清楚地看到这一切。在这个村落里，不存在任何的秘密，所有人都知道各自的一切！"

鲦夫："好吧，但这里依旧有些风流韵事，它们偷偷地发生，又偷偷地进行着……当然，人类的本性便是如此啊！"

泥瓦匠："我还没说完呢！确实有一些永恒的事物，能够温柔地抚平我们的心。又何以让我们听到军鼓的隆隆声、武器的撞击声，还有大炮的轰鸣声呢？！况且，我的耳朵可是异常敏感的，真真实实的非常敏感，比如说当我听到我爸爸被打了耳刮子时，我的耳朵就会嗡嗡响！"

作坊主："……嗯，耳刮子，而不是竹笋烤肉……很好，也很荣幸……"

泥瓦匠："我们已经对您说，并且一遍遍地重复着，在里美山生活我们感到很幸福了！也许您选择的是浙江省内，唯一一个人们不会告邻居的状的村子！您仔细地思虑一下吧，我想要问的是，您是否有着如此的信念，当改朝换代的那一刻来临之际，我们可以迎来更大的丰收呢？"

隐士回答道："我真的搞错了，里美山是一个岛，而并非是天上的行星……"

木匠喃喃自语起来："真是不错啊，我一直都想看看大海长什么样……"

鳏夫接过话头说道："对，里美山是一个小岛，而中华大地则是一片汪洋大海，正因为这样，我们才一直探视着地平线，迫不及待地希望某艘失去航向的小船能够满载着美丽的俘虏们……"

木匠："这将会使我们的境遇大为不同了……"

隐士又说道："人们应当通过已然得到验证的原则去解决事务，就像我们应当想到，在那些已经败坏的事物中，产生不出什么好结果了。这也就是我加入白莲教的原因，因为白莲教的教义里是这么教导的，善的事物最终都会击败恶的事物。当乾隆皇帝依旧精力充沛的那会儿，他的统治的确是如此的光彩夺目。然而到如今，有一点已经毫无疑问，那就是大清帝国赖以维系的政治体制，如今已然被那些蛀虫啃得七七八八了，在所有各级行政机构里都充斥着腐败的行为，无论是在地方上，还是在京城里，都并无二致。当然，并不是没有清正廉洁的朝廷命官，也不是没有对臣属肆意享乐而深感忧虑的亲王。当这些人占据了大多数的时候，国家便会朝气蓬勃。而当他们的人数不幸地大为减少之后，人们就应当接受如此的事实：老天爷并不会将如周朝般漫长的统治岁月赋予每一个王朝！对于国家、对于领土捍卫、对于稳定政治权力的忠诚，还有坚实的主仆关系，以及所有务工务农的百姓都能够安居乐业、衣食无忧——这一切正是如今天下人渴望的。我要同诸位说的是，大清帝国如今已经摇摇欲坠了，而眼前的这一切只会越来越糟。里美山的男人们和女人们啊，如今是你们上前线，紧紧站在一起的时候了。在这场斗争中，县里所有的排、甲、保都应当团结起来，来响应中华大地的其他地方……明天，当里美山拥有了自己的英雄人物时，她的美名一定会传遍帝国的每一个角落。"

女铁匠说道："那么圣意究竟如何呢，人们又是怎么做的？"

隐士欲言又止地回道："这便是……这实在是无法预料啊……"

泥瓦匠发话了："好吧，您向我们诉说了这一切……然而我们凭什么又要关注这些东西呢？请睁开您的眼睛，瞧一瞧我们吧！为什么您会想象，我们理应像迎接一位救世主一般地迎接您的到来呢？里美山这儿可没有任何人需要得到救赎的，没有人。尽管所有的一切远非尽善尽美，甚至有些时候大家会抱怨些什么，就像我的兄弟，当他有自己情绪的时候，便会低声地埋怨上几句，但是我们决不会就此而大呼小叫，也不会因此而拳脚相向，去明确地针对某个犯了错误的人。至于官员？人们可从来没见过他们！我们携手在一起，究竟是为了去对抗谁呢？皇帝吗？我们一致地认为这简直就是疯了！您有没有注意到，我们这里的气氛是如此的宁静安详？对，宁静安详……对不起，请让我们太太平平地活着吧……"

隐士又说道："当大地已经在震颤，大炮的隆隆声已经在远处响起的时候，你们怎么还可能身处醉乡之中呢？”

　　泥瓦匠回击道：“因为这里远离尘世的喧嚣……那些嘈杂的声响会自觉地远离此处……这里是里美山！又有哪一位将军，会选择向一条死路里发起进攻呢？尤其是他的目标是要吞并整个国家呢！您可别再醉心于自己的想法了，接受现实，别再像那些掩耳盗铃的人一般作为了！既然说到了铃，那么就要说句，悬挂在我们头顶上的那口钟，在我看来可并不中意您的宏伟蓝图哦……”

　　隐士又回答说：“事实上……这个村子之所以与世隔绝，完全是因为这里的村民不想同外界打交道罢了……如果是这样的话，那么诸位才是真正的隐士啊！但是我并没有权力去放弃人们委托给我的任务，如今是我离开的时候了，离开这个蚕茧，回到起义军将领跟前去。倘若他们怀疑是你们令我消失在这里，那么他们也许会把你们消灭干净的。”

　　说罢，隐士便站起了身来，人们感到他离开村落是如此迫不得已。两位寡妇为他准备了一个箩筐，里面有些储备，当然只是一些甜食罢了。除此之外还有一罐汤，这种汤的名字是如此的与众不同，它被称作

是"佛跳墙"。

　　两位寡妇轮番地说起来："这便是我们村子里的特色点心……"

　　"……来自福建的点心"

　　"我们并没有全部的……"

　　"……配制成分……"

　　"但是我们能够弄到些蛋……"

　　"……是些鹌鹑蛋，鲜鲜嫩嫩的……"

　　"……还有竹笋和火腿……"

　　"……金华火腿哦，还有腱肉……"

　　"……是猪的腱肉、生姜、蘑菇，当然肯定还有鸡肉……"

　　"不过商人还有鱼翅……"

　　"……那是鲨鱼的鱼翅呢。"

　　商人说道："现在我已经没有存货了，不过我可以在一周之内收到新货，而且是最优质的那种！"

　　两位寡妇又说道："然后是所有各种的调味品……"

　　"……不过我们要很遗憾地告诉你，菜单里某些必需的海鲜品，我们里美山可是没法提供的了。"

　　商人又说道："如果客人有所需求，那么我们会提供上好的鳌虾，还有最美味的鳗鱼！"

两位寡妇："有种说法是，一位文人是这道菜的发明者，他在外出游历前，将所有预先准备好的食物，储存在了一个熟土焙烧过的坛子里。每当他饥肠辘辘的时候，他便会将坛子放在火上烤一阵，接着，这坛菜的味道便会久久地萦绕在他的周围……"

"……就这样，某一天，那些在隔壁沉思的和尚们，在飘来香味的引诱之下，浑然忘记了自己不能吃荤的戒律，和这位旅客一道分享了罐子里的美味佳肴！"

"我的一位在福州的堂妹这么对我说道，那些和尚中的一个是这么说的，即便是佛祖身临此地，都会跳出寺院的墙壁，来享受这顿美味的盛宴……"

然后，两位寡妇又给了他一个虽然不大，却散发着阵阵茉莉花香的丝绸袋子。

"在您即将前往的去处，您也许不可能再……"

"……不可能再整理下自己了，那么请您每个星期都用这个来用力地擦身，甚至每两三天就用这个来擦拭一下自己，一旦您独自一人，或者您需要同当地人打交道时候，这东西就受用无穷了。"

隐士又说道："但我会回来的！"

两位寡妇异口同声地说道："男人们总是这么说的……"

……

由于跳蚤的原因，告别的仪式十分简朴，大家也表现得颇为淡然。村民们以女铁匠为首，聚在了一起——事实上他们一个挨着一个地站在一起，后面的望着前面人的左肩或者是右肩，而此时的隐士则依旧小心翼翼地将棍子插入了蚕茧中。

"您是否需要我们助您一臂之力，以清理这条道路？"女铁匠问道。

"这实在是盛情难却啊——如果你们有派遣一些人前去探路的心意，我同样也会感谢各位的。"

村民们互相望了几眼，显而易见的是，他们对此并没有过分的热情，随即众人的眼神被一头出圈的猪所吸引了。很快众人便达成了一致的意见，倘若要让里美山重归宁静，那么将一头猪作为献祭也许会是必不可少的。这也是为什么商人在下定决心之际，声音激动得有些发颤的原因吧。

此时的隐士，手里还是拿着那根棍子，同时也用一根绳子，牵着一头百般不愿意的肥猪，他一直在

等待着女铁匠为他开路。她强健地用砍柴刀，在蚕茧
上一刀刀地砸了上去，直到砸开一道足以让一个人和
一头猪一起通过的口子。为了能够证实一切可行，她
亲自走过了自己砸开的口子。随即人们便听到了一阵
"嗨！嗨！嗨！"的呼喊声。伴随着砍柴刀的声音，
人们所听到的，是强烈的咆哮声响，随即在十多分钟
以后，她又出现在了洞口处，擦拭着自己额头上的汗
珠，并将自己的工作衫卷成了一团，搁在了腋窝下面，
看来她在辛苦劳作之后，已经是汗流浃背了。

"现在道路已经畅通无阻了，您尽可放心上路……
最后那几米的路，您可以轻轻松松地用手里的棍棒去
搞定……"

"您真的确定我不会遇到任何危险吗？"

"在这个蚕茧里面，一切都如故，根据我的目测，
这个蚕茧大概足足有十米那么厚……坦率地讲，在另
一边发生了什么我就不知道了……"

"另一边……"

"快点上路吧！"村民们又一次地催促道。

看着自己要带着那头猪离开，隐士也显得有些没
有兴致了，现在最执拗的就是他，还有刚刚才归入他

名下的这头猪了。

"快点上路吧！快点上路吧！快点上路吧！"所有的村民都争先恐后地喊着同样的话．而商人则在思量着，这头猪自己能不能寻找到回自家猪圈的路。这个早晨真是发生了太多千奇百怪的事情，但想来大家也并不想要知道，那些在自己周遭的秘密究竟是什么缘由，于是所有人便忙着自己的事去了。

翌日，一切如同往常一样，然而让村民们倍感惊讶的是，昨天蚕茧上被凿开的口子，如今又简直就像一个伤口愈合了一样，不可思议地合上了。村子又一次开始了自给自足的日子，并且显而易见地再次同县里其他地方隔绝起来了。

在此后的日子里，所有的一切都未曾发生改变，然而村民们早就已经有了准备，况且这还没到农民们下田劳作的时节，因而大家也并没有打破脑袋地去为这个完全有悖情理的自然现象寻找某种恰如其分的解释。也就像每个年头的那个季节一般，村民们忙于刺绣，忙于箩筐的编织，而一些村民的房屋也旧貌换新颜了，所有的门锁和门闩也被换成了新的。总而言之，大家都各忙各的，没有人去担心这个蚕茧会怎样。

此后的某一个夜晚，狂风如刀割一般地扫过了大地，像是要把房屋都连根拔起。这阵狂风将居民家门口久久堆积的灰尘扫得干干净净，而人们也不敢在凛冽寒风路过之际走出门外，在夜深人静的时候，一阵难以描述的嘈杂声突然响了起来，即便是最勇敢的村民此时也装作熟睡的样子，而另外一些村民则蜷曲在最阴暗的角落里。所有人都在等待着。

翌日拂晓，所有人都顿感惊奇的景象出现了，那个蚕茧已经消失得无影无踪，或者用更好的文字来说就是，它飞得无影无踪了。人们又能够看到周围几百亩的土地了，并且一切似乎都并没有异样，而隐士还有他的猪，也从此再也不见踪影了。

就在不久之后，这个村子迎来了一位朝廷命官的到访。然而当他发现在这个村子里，甚至没有一栋房子能够当作自己过夜的处所时，他甚至都没有跳下坐骑就决定尽快离去了。就在马背之上，他向村民们宣布了乾隆皇帝驾崩的消息，这位皇帝就在 1799 年 2 月 7 日的那个夜晚，追随自己光荣的列祖列宗而去了，而一个新的太平盛世，即将随着嘉庆皇帝的登基揭开它的序幕。他同样向村民们宣布，一群由白莲教教众所

组成的叛军，已经被朝廷的军队所击溃并擒获，这些疯狂的宗教信众，竟然想要寻找到丝绸状穹顶之下隐藏着的某个村落。

"大人，这群匪徒是不是由一头猪所陪伴着？"

这位大人放声大笑起来，并且暗暗地想到，里美山村里的居民们，实在是太过天真烂漫了。

"这我可就不知道啦，经过我们的清点，总共有十五个反贼，而他们的每一个人，都带着一个熟土焙烧的坛子，里面那些调味品的味道倒还真像是猪肉呢……这也令得我们的军士能够在最短的时间内到达现场，并且将他们一网打尽。"

说罢，这位大人便离开了里美山。

……

村民们心下都是一阵茫然，也许是乾隆皇帝的保佑，才令里美山幸免于难，不至于成为反贼们口中的美餐，而村民们也派了那位鲦夫，为已经亡故的先皇撰写赞美的悼词。之后，他们更是达成了一致的意见，不对其他任何人提起这件曾经发生过的事，而在他们

之间，当提及这件往事时，只要用"月亮的颤动"来
指代，大家便都会心知肚明了。

　　然而，为了不忘记这段故事，他们还是竖立了一
块纪念碑。

　　……纪念那头猪。

第四章 师徒

　　"只有梦想才能够令我们生气勃勃，请永远别忘记我的这句话！"

　　小刘正聆听着他年迈老师所说的话。

　　"对所有的事情，你都一定要做到坦诚相告。当然凡事都有例外，对于那些原本就在你内心深处的奇光异景，尤其是那些与人们常识向左的想法，你不妨仍旧珍藏在内心的深处，因为这一切都仅仅属于你本人。在现实中，我们生而不平等，然而我们在那些奇光异景面前却能够得到一视同仁的待遇。哎呀！生活的境遇却使得我们迅速地远离了那些卓尔不凡之事，因为这并不能让我们的家族获得任何的名望和财富。不过呢，假使你的父母将你推上了另外的一条道路，

你也千万不要对他们心生怨恨呐。尽管当你行走在那条路上的时候，便意味着你要放弃那一切精彩绝伦的东西了，而这些宝贵的东西却不会像家族的遗产那样，能够世世代代地相传下去。但千万不要放弃，也千万不要将它们丢掉，你要试着去维系它们，不动声色地去维护。还有，千万不要成为既定思维的俘虏，也千万不要被别人所作出的安排所左右。"

小刘点了点头。

"通常人们都承认，那位伟大的诗人李白，便是陷入幻觉之后的最好例子。他因为想要拥抱水中的月影，而在长江里溺水身亡。这样的第一印象只是对于诗歌的一种肤浅认识，然而却让大多数的人乐此不疲，毕竟当举头望明月的那一瞬间，心生荡漾也是人之常情了。随后的那幅图景，便是一个老酒鬼，在摇摇晃晃行走间，跌进了水里，这样的场景，便对于那些心中向往更现实的目的，甚至是最庸俗需求的人，有了足够的诱惑。不过，相比于幻想，取笑和侮辱才经常引人犯错。在你十五岁的这个年纪，李白已经能够驯服野鸟，并且娴熟掌握了武艺，仅仅在五年之后，他的才华和天赋，便能够让各种各样自命不凡的人无地自容了——这样一个无比感性的男儿，对杯中之物如此眷恋自然可以想象！就像某些其他人的生活只为巴结王公贵族而生一样，他的生活同酒精如此亲密无间，然而不同的是，酒精从来不会令李白屈居人下，他总是可以主宰自己的生活。于是，在酒精的作用下，他溺水身亡了，然而在不朽的神明身前，这个男人却是如此神志清醒！”

“那么……后来又发生了什么？”

“诗人的声音在大地上销声匿迹了，然而却传到了仙界！小刘啊，假如在你看来，某种大家一致持有的观点是如此简略和草率，那么对于是否应该走截然不同的道路，你就千万不要再有疑虑。你要用敏锐的洞察力去做出决断，而不是简单的感情用事，然后从感情这个能够产生最美妙事物，甚至能够令最黯淡无光的景象都熠熠生辉的所在，提取到有益的东西，令它们发光发亮，抹上一缕别样的异彩。”

“我父亲同样鼓励我，小心提防着自己的感情，然而从他的口中，我却从来没有闻知过洞察力这样的名词。我相信，他并不希望我总是去抱有特别个人色彩的看法，也许在他年轻的岁月里，他曾经渴望过独

立，因为从他那充满活力的精神世界中我就可以窥知一二，然而他如今却选择了截然相反的方向。那么……在你们两位之间，我究竟应该选择遵从谁呢？"

这个问题看来是逗乐老先生了。

"遵从父母应该是一条始终如一的神圣准则，人们绝不可以违背它，否则就要承受代价。然而对于一位具有求学才能的年轻人而言，不遗余力、不加考虑地践行孝道的准则，却意味着贫瘠——孝道本身的价值自然是非常珍贵的，并且在我们的传统中早已深深地扎下了根，对此我丝毫不会否认——同样，也表明人们正在自我孤立，这甚至比自闭于某间狭小的房里还要糟糕。对于屋子外面的世界一无所知，只能从窗户中一睹有限的景致。我还是坚持要说，这就等同于剥夺了人自我完善的能力，对，自我完善，尤其是在知识上的完善，如果要做到这个，就需要从这样的环境中站起身来。自我完善需要时间、很多时间，非常多的时间，而在那么长的时间里，人们却反而强迫说，一个好儿子理应有顺从的德行，这会令其不堪重负。在这种情况之下，便要在心中迈出这一系列的步伐前，就对完善自我的责任，令自己的人格臻于完美的可能性嗤之以鼻吗？我觉得这一切简直无聊透顶了！这简直就是在糟蹋天赋，浪费上天所赋予我们的禀赋啊！小刘，你不妨扪心自问一下，当人们既没有帆船，也没有划桨，更没有罗盘的时候，顺着江水而下，随波逐流，他们将会怎样去面对大海里的巨浪和未知的一切呢？”

小刘又对自己的老师发问了，“如果我掌握了出色的航海技术，那么我是否就能够将小船从大洋的此处驶向彼处了呢？如果汪洋大海意味着漫长的人生，那么我是应该当一叶扁舟，还是成为一个坚实的岛屿？”

“这其实只是一个例子而已，可千万不要仅从字面上去理解这一切，当然我也会给予你我的回答！倘若你把航海术仅仅当作是乘帆、划桨还有用罗盘定向，那可真是远远不够的呀！因为所有的技能都不是那么轻而易举就能学会的，其中蕴含着的技巧比这个多得多。比方说，当你忽视了风的走向还有水流的方向，以及在不同季节下汪洋大海不同的韵致时，各种在海面上的航行都将是危险万分的。这还没完呢，如果你行驶在远离海岸之处，那么你的旅程将很有可能遭遇巨大的灾难，因为所有的知识都对任性的大自然无能

为力，尤其当它的心情大起大落的时候，只能让人类认识到，自己是有多么的渺小。你要学习，不知疲倦地去学习，这便是当我们开始感知外面的世界，以及它是如何在我们周围组织构建起来的时候，生而具有的知识教给我们的方法。看吧，小刘，马儿和猴子自从它们呱呱坠地之后，便学会如何行走了，而我们人类呢？我们这个物种还要通过后天的学习才能够学会走路……我要说句让诸位父母和祖父母们不快的话，其实大人们大可不必在孩子们蹒跚学步的时候，寸步不离地伴随着孩子们，直至他们能够站立起来为止，因为在没有外力帮助的情况下学会走路，对于人的成长来说，这简直就是理所当然的！然而对于几乎所有人，几乎所有那些令我们熟悉这个世界的人，我们没法有恰当的感受，因为这好像我们每前进一步，都要接受别人的指导一样。"

老先生顿了一顿，若有所思，然后又滔滔不绝地讲了起来：

"如果你沉湎于自我享乐的话，那么你的选择便会大大地减少了，或者这般，或者那般。所有的这些都蕴含着恶习和虚荣心，这会令事情变得简单明了，然而人们只愿意做出那个最舒适的选择。当然，我们可以将人生比作是汪洋大海，那里有深渊也有浅滩，那里有狂风，有激流，也有模糊得无边无际的东西，也许在大白天，老天爷还那么仁慈，可一旦夜幕降临，一切井然有序都不复存在，巨大的混乱从一块大陆滚动到另一处。这便是海洋，也便是大地的对立面，那里的汹涌波浪，在晚间如此透明，到了日间却又是如此模糊不清。至于那些粗暴的波涛，它们鞭挞着海边的巨岩，随即又像是流言蜚语的传播者那样，最终在气喘吁吁间归于平静……别将自己的思想拘束在船只或者是海岛之上，因为海岛就像是避风港一样，至于船只，船长正让它航行在正确的方向上！"

"我想，能够同您一起，是我的幸运！"

"小刘啊，对于你来说，现在就谈及机会还年纪尚轻啊，因为只有有了经验才能够有资格谈论这个，机遇会在悄无声息中来到，指引着前进的道路，敲打大门还有窗户。在你这个年纪，当你同一位比你远远更加年长的人交谈时，千万不要提及机会这样的词，因为对于他来说，他尤其清楚，机会就像是那些可遇不可求的珍贵石材一般，他们或许遇到过太多，

通过光鲜的外表和明亮的色彩，让人误以为是珍贵机遇的场景，然而最终当浮华褪去时，露出的却是苍白的面容——悲伤、断壁残垣……而在我们两人之间，唯一那个今天可以自诩受到了命运垂青的，并非是你，也并非是我，而是第三者，这个第三者不仅存在于你身上，同样也在我身上，这便是将老师和学生两种身份融为一体。如果老师仅仅满足于灌输知识给学生，而学生也仅仅满足于从老师那里吸收到知识，那么这个第三者便不复存在了，因为在这样的方式里，学生只有通过问答的方式有所收获，这仿佛就像是有借有还那样，所有的一切都产生于意识中，而没有其他，因而这种方式，简直繁复和乏味得不可思议。而这也并不是我们所应该去做的，因为我并不是一个传统观念中的老师，对于你来说亦是如此，你也不是我们传统中所理解的那类学生。这个第三者的存在，令这个非比寻常的场景里，你我都是老师，也都是学生，同样也都是第三者，好吧，这便是支配着我们之间关系的平衡原则，是我们的观点交汇之所在。"

　　"当您谈及到第三人的时候，您又在同时施加给我属于您的影响，那么……其实我在追随您的时候实在有些力不从心，甚至让我有些忐忑了……我能够对您产生怎样的影响呢……是不是我们在内心深处会发出一种共同的声音呢？或者那是一种萦绕在您和我之间的精神，就像是龙凤、乌龟、麒麟那样，能够带来幸福的精神？"

"不如说是一种和谐！我要向你承认的是，由于这个第三人的存在，无论其真实存在，还是只留存在虚幻之中，都会有些令人烦心的事儿出现呢，因为他隐匿在我们两人的肉体之中，而这又不免会打扰我们和大自然之间的那种本能关系。"

"父亲曾经告诉过我，动物比起人类要更加具有本能。"

"他说得没错，但是对于动物们，他们并没有改变这个世界的天职啊，因为它们既无法去评判这个世界，也不具备创造的能力。那么现在，还是让我回到对这个第三人的身份以及存在理由的解释之中吧。六十岁的我，如今已经显得老迈了，杜甫在五十八岁那年便已经阖然长逝，王维在世上活了六十个春秋，而李白也仅仅活到了六十一岁的年纪，也许他

们还有大量的诗作没有完成，然而在他们身后，流传于世的那些作品，却已经改变了中国人对于生命的普遍认知，尤其是自己活在世上的用处。我并不是一位诗人，然而我几乎拜读过自从唐朝以来几乎所有的诗篇，或者更久远一些，自从秦汉以降的诗作。事实上，我相信中国人在两千五百年前，便已经发现了诗歌这种文学形式。那还是在东周王朝的时代，有一位勇士，他的名字叫作杜康，生活在洛阳城的南边，是他发现了如何酿制醇酒，因而后人都用他的名字来指代陈年的佳酿。通过饮用他所酿制的酒，人们很快地发现，这种杯中之物能够加速人的血液循环，促进新陈代谢，而这也有益于人的脾脏，并且可以延年益寿……对，延年益寿这个词便蹦出来了！我们的先人们明白，对于人类来说唯一还未能够主宰的领域便是自己生命期限，从那时起，历朝历代的帝王便将寻找永驻年华的长生不老药作为一件大事来做了……而诗人们呢，他们并不在乎是否能够长生不老，他们一边追忆着往事，一边在满足于瓶中的美酒中憧憬未来。啊，啊，啊！当我读过了那么多的诗篇之后，我感到自己更加老迈不堪了！

或者说得更加狂妄自大了，通常来说那是一回事。村民们敬重我，认为我学富五车，我也只能令他们以这种错误的方式生活着，并保持着沉默，他们却对我愈加敬重。其实当一个人越有学识，他便会愈是厌恶将自己的博学多才日复一日地当作资本，凌驾于他人之上，也不再能够接受其他博学多才的人了。事实上，变老便意味着疑虑的增多！至少现在，你还没有变老。当你长大成人，并且知道了个大概的时候，你便会将那一切固定在自己的脑袋里，作为自己已然获得的知识了。而我同你提到的这个第三者，便会在这个过程里做些事，当那个时刻来到时，他便会帮助你去忘掉那些你自信满满，却阻碍着你前进的东西。不管这一切是不是会树立起来，有朝一日它都将会在你的生命中扮演着举足轻重的角色。"

"那么对您来说，这个人给予了您什么吗？"

"他帮助我消除了我自己的疑惑，那些疑惑比你所坚信的东西，也许会更加笨重讨厌，原因很简单，在我脑袋里还有剩余的空间，但比起你所能够支配的空间来，那可就少得多了。当然啦，对于我们这等老朽来说，狂躁和习惯都充斥在大脑中最为细小的部分

里。这也是我们的疑惑常常忽视的东西。而更加可取的做法，是每日都去致力于消除自己所不解的东西，还是在心里先签下一张空头支票，然后不再受那些癫狂和习惯的左右而保持头脑自由呢？你现在肯定还不能回答我，他也不能，但是起码，在我的脑海之中，他同我共处一室，并且实惠地将你所用不到的躁动和热情搁置一旁。我们人类这一代人，当道德水平并不怎么样的时候，总是愿意以这样的方式来取得收获！对于过去的岁月里所产生的东西，我们所知道的实在太多了。我们付出了那么多，为的便是能够逗留在海轮的栏杆上，并且一言不发地等待着谁将会到来，而出于谦逊之情，我们并不愿意称其为未来。"

"假如您需要给这个人物一个鲜活的外形……"

"他将会是易变的！就像是佛祖的两位守护者，也就是哼哈二将那样，他们中的一位张大着鼻孔，吹出一阵白气便能杀死敌人，而另一位则总是气势汹汹地张大着嘴，从他的嘴里同样可以吐出一阵黄色的雾，这阵雾一样也能杀人于无形。"

"这真可怕啊！"

"也许非常惊人，但是可怕么，我倒不这么认为……相反，我们中国人总是大声地叫嚷着自己是龙的传人，因此到了这个时候，与其说是可怕，还不如说是被吓着了！"

说着说着，老先生便纵声大笑起来，而这笑声却令小刘感到有些不自在。

"老师，有些时候当我听您说话的时候，会感到有些迷茫……"

"你还有不小的差距啊，你也没有可以参考的经验，不皱眉头、去面对我日常的那些需求。你所需要记住的是，在人的一生当中可能会遇到的情况并不是无穷无尽的。无论你是商人、官吏还是军官，组成我们在这个世界上不断前行的片段的，往往只是一些令人沮丧的老生常谈罢了，然而我们也应该对于那些突如其来的片段做足准备。"

"老师，我们应当如何准备？"

"背靠着墙……"

"背靠着墙？"

"当然这只是一幅图景罢了，当你背靠着墙的时候，就意味着你直面着敌人，因为你已经没有退路了。墙已经为你抵挡了所有从背后过来的威胁，因而你的背后便

是你的守卫，而你也只需要准备防御来自前方的攻击就行了。同样的，学习便是筑起壁垒的过程，它能够让你免受多种无论是直截了当和坦率的，还是松懈和横插一手的威胁和侵犯。当然，这便是最好的防御体系了，相比其他各种防御机制，它都有无可比拟的优越性：你能够持久地保养它、加固它。只有那些会侵蚀记忆的疾病，还有功利的思想，会使它受到破坏。"

"我害怕变老……"

"千万别担心，人们并不会真正意义上变老，除非有朝一日，人们觉得自己再也无力去应对各式各样的社会准则，而周遭的人们都用冷笑和耸肩，来表明你刚刚获得了这种'独立'的时候，衰老才会真正地来临……那是你还能勉强笔直着走的时候，很快就会摔跟头了。"

"老师啊，树的汁液理应是力量和活力的象征，但是所有的新枝都是如此易于折断。"

"小刘啊，世道便是这样的啊，在动物和植物的领域里，绝不仅仅只有一种物种，成为这种脆弱的标志。"

"那么我们呢，是不是在出生的那一刻我们是最为强大的？"

"不，出生的那一刻我们是最吵吵嚷嚷的！而且，显而易见的是，此时的我们也是最为脆弱的物种，因为我们具有做坏事的能力，这并非为了生存，而仅仅是因为要放纵我们的情绪罢了。而生活将会教会你，即便是最彻底的暴力，也只能获得相对的豁免权。而在它的身上，通过这样的自卫方式，反而暴露了人性里愚蠢的弱点！或早或晚，那些通过暴力窃取了政权，赢得了统治的人，将会从天上掉落人间，人们愤怒的拳脚也会加诸他的身上。"

"那么我们应当怎么做呢？难道我们应该消极遁世地生活，由此方能遵循着这些原则，这样便能够克制住那些令我们不堪重负的能量吗？"

"如今你已经距离真理越来越近了，然而在一开始，你便为自己加上了两条束缚，但随着时间的流逝，它们也会让人逐渐恢复本性。首先就是像隐者那样地生活，只有一个甜蜜的梦想者，才能在半喜半忧的境遇中，获得充分的成长。"

"我的父亲曾经同我提及过一位隐士，他简直就是一位圣人，人们向他请教过关于北京的一切，以及关于那些在大海之上的地方究竟如何。我们曾经卖给

他一些茉莉花，他就从中提取出油脂，用来制作肥皂。而我母亲也说，这种富含野生蜂蜜的肥皂，会让所有的皮肤重新焕发出活力，即便是最皱巴巴的皮肤都不会例外……"

"啊，我们这么说吧……一个温柔的梦想家……却活力四射，他可真是不乏商业头脑啊……然而茉莉花香水对他来说已经足够了。不过能够把这转化成为野生蜂蜜一般的味道，也真是一个出其不意的点子啊，虽然那种呛人的气味实在无法让人沉醉其中……不过现在，请让我提醒你提防一下自己的第二条束缚，因为这比第一条要糟糕多了。你想方设法地在抑制自己心中汹涌的能量。然而你可否知道，对于一个年轻人的健康来说，这些能量恰恰应当异常热烈啊？因此，以这个我都不知道正确与否的原则来约束年轻的心，这简直就像是帮助一个长卧不起的病人去自安天命那样！在十五岁的时候，有人就已经同我讲起了适度而为。然而已经六十岁的我，却依旧只想着纵情呢！现在，我们一起来寻找一条中间的道路吧！"

"老师，我也想要这样，不过我们应当如何开始呢？"

"别再让自己的脑子里充满了凡事有开始或者

结束这样的想法，就像你从这里出发，然后去到了那里一样。其实我们没有人确切地知道，什么时候会意识到自己已然走在了路上，或者不一会又忽然意识到自己已经离开了那条道路。最好的选择就是继续前进，而最糟的则是选择退缩。原地踏步、停滞在那些日常琐碎的事情上，并且对他人不闻不问，充满了冷漠和厌倦的神情——这些便是为什么有些人在经年累月间都没有取得前进的原因了。小刘啊，可千万不要让其他人剥夺你的青春年华，这句话应当始终铭记在你的脑海中。也千万不要再提出一些乏味的问题了，因为这会令得年长者进退两难的。在人的一生之中，去揣测那些即将到来的事物，绝不英明。无论你的阅历怎样，你在今日都无法信誓旦旦地去保证，明日一定会如何。我们总会在这个或者那个瞬间，记录下所有的一切。于是，不少人便垂下了自己的胳膊，他们便会去寻找一个心爱的姑娘或者小伙子，以证明生活还会继续下去。还有一些人开始终日饮酒，另外一些则抽起了大烟，而这东西却会像食人魔一样，最终将他们吞噬。是啊，那样起起落落的生活，最终实在难以有美满的结局。他们通过给自

己在床榻之上，或者座椅之中提供喘息之机而勉强度日。每当季节变换之际，记忆便会在经年累月间越积越多，一直都是如此，而这也让他们心安理得了。当得知好消息的时候，他们便会拍手称快。而当命运带走了他们之中的某一个，那么懊悔的表情便会浮现在他们的脸上。在他们烂醉如泥的时候，总是胆大包天，他们会去细细打量年轻的姑娘，用鄙视的眼神瞧着上了年纪的妇人们，一边偷取桃子杏子，一边还会终日沉迷于麻将桌上不能自拔，或者去敲响高利贷者的家门，恳求能够获得他们的怜悯和慷慨。其中有两位最常被提起的，他们总会虚伪地惦记着高利贷者父亲。好，然而这一切早已是昨日旧梦了，因为早在十五年以前，那位好好先生便已经撒手人寰了，而在他入土为安的那一天，前来送葬的人其实也就寥寥无几。当他们被拒之门外时，他们倍感羞辱，不过在两只耗子交配的场景让他们分了神。这些误入歧途的勇敢者，最终满怀欣慰地回到了自家的屋檐下，而等待着他们的却是一碗上好的面条，也许在面条里还有些油腻腻的肉片呢。这才是幸福！"

"我希望自己的生命能够激动人心！"

　　"时候到了，你这个心愿自然能够达成的！然而为此你需要做的，是让自己不要将所有的一切都当真，尤其是对于那些我们过度轻信的神话和传奇，你不妨鼓励自己在心中自由地放弃它们。勇敢地去做，勇敢地去做吧，小刘！首先可以从上古时代的三皇开始，不过需要审慎地对待我们传统上与他们联系在一起，在夏王朝的建立之前统治天下的五帝！将伏羲、女娲还有神农从神坛上请下来，就像对待普通的偷猎者那样看待他们，对他们放置在我们脚下的陷阱格外留神，而不是整天跪在他们跟前求得垂青，或者是在他们面前上香以表达崇敬。那些神明的存在，并不是来救赎我们的，相反会令我们迷失方向！所以，对他们的装腔作势，应该予以怀疑，并对他们敬而远之。对于所有希望自己的子孙能够表现出理智的审慎父亲们来说，这才是合适的教导方式啊。"

　　"我怀疑父亲是否会抱有同样的想法！因为在他看来，我们应当对神明充满敬畏之情，这样神明们便会毫不吝惜地恩宠我们。因为即便是统治着我们的那些王公贵族，在神坛之前都只能和我们一样双膝跪地，并且许下年年丰收、风调雨顺、无灾无祸的愿望。"

　　"你父亲是个善良的人，不过我还是要对他的看法抱有怀疑……"

　　"噢，别说我父亲的不好，这样即便您说的话真没错，我的心里也会把它当作是错的了！"

　　"真是个好孩子啊！你真是让我后悔自己没有做过父亲了！我对一个人的评价，是建立在我所观察到的全部细节之上，而并非是建立在他所制造的大致印象上的。当然对于你父亲来说，也不是什么很严重的事情，尽管如此，我还是想说，他尽管从来没有射过箭，但是他的大拇指上却佩戴着一只蛇形弓箭手的指环。在这门如今已经有些过时的学科上，孔夫子担任着老师，并且自从周朝时期开始，这便成为经典六艺中的一门。射术如今更多只是一种带上旧时色彩的高超技艺，一种能够展现男性特质的技艺。直到我们这个时代，如果一位商人佩戴着这样一枚戒指，那么人们便会相信，他的祖上曾经是战士，甚至也许会是一位战功赫赫的勇士，无论他是弓骑手还是步弓手，他从来都是箭无虚发。"

　　"确实，他对于那枚戒指一直都充满自豪，然而我从来都没有听他吹嘘自己射箭的本领有多么高超！"

　　"他隐藏得很好！我要告诉你的是，你的父亲是
一个坦诚的人，在最值得信赖的人面前他会没有保留。
他如此庄重地戴着这枚戒指，这又一次地使我想到了
孔夫子曾经这么说过，高雅之士是不会与人轻易较量
的，然而当一切不可避免时，那么只有用弓箭来做一
番较量了，这便是你父亲给我的印象。当他陷入沉思，
摆弄着戒指，仿佛它要和手指紧贴在一起的时候，这
便更加显而易见了。依旧是孔夫子，他曾经也宣称过，
君子和弓箭有一个相似的地方，当箭头并没有射中靶
心的时候，便会从自己身上去寻找原因。呵呵，仅仅
就是这一枚戒指，便能够表现出你父亲高雅和高尚的
一面了！但是你，小刘，你却别去求助于那些奇技淫巧，
只有通过自己的学习和劳作，才能有朝一日，先是在
这小小的里美山，然后又是整个县城里，以学识渊博
和德高望重而受人敬仰……所以，就像是弓箭一样，
开始吧！"

　　"老师，最快捷的道路是哪一条呢？"

　　"很简单，最快捷的道路便是那条最漫长的道路。
因为坚持便能够令你对琴棋书画驾轻就熟，而这是所
有的文人雅士都要精通的。"

"我已经学会正确地弹奏古琴了，我甚至知道五十种不同的拨弦和按弦方式。对于那些听得进说话的人，我父亲曾经对他们说过，里美山将会有朝一日因它的古琴学校而闻名遐迩——刘氏琴行！我也学会了一种也许并不像中国的北方，或者是四川那边强劲有力的技艺。但是从我的琴弦上所能拨弄出的声音，却需要非常用力方能完成，而我的内心深处，有时候却充满了忧郁的情怀，因此我弹奏出的有些音符会漂浮不定。我的琴声余音绕梁。这也是中国南方的乐师们所难以做到的……当然，是我父亲这么说的，他可是个游历四方的人。"

"这好极了！这样你就能从容地应对一切了。我在你的弹奏风格里，发现了江南流派的影响力，而这一流派在南京、宁波、苏州、常州还有绍兴这一带广为流传，绍兴离里美山就不算太远！小刘啊，你要有谦逊之心，因为在我们的传统中（而并非是根据你父亲），古琴的技法有一千种上下，无论是抹、滚、拨还是按弦，都各有不同之处，不变的是手指在不同的弦间上下纷飞之胜景。那么这就是琴艺最本质的东西吗？我并不这么认为。你若要娴熟驾驭一门技艺，就必须要去追根溯源地寻求这门技艺的本原，并且吸纳一切能够令其诞生于世的深邃思想。你不妨想一下，古琴上有五根琴弦，但为什么在乐器上是五根，而不是其他的数目呢？因为它代表了阴阳五行里的五种基本元素——火、水、土、金、木，因而你的手指在琴弦之间流动的时候，你给予每一根琴弦的能量也对应着一种特定的元素，因为所有一切事物的归宿，都将会是寻求人与自然之间的一种和谐状态，随后还有人与人之间的和谐，最后也是最困难的，就是建立起内在的和谐。你应当全身心投入到此的追寻中，这样才能够将自己的注意力从摆放乐器的托盘上暂时抽离出来。"

"老师，古琴有七根弦！"

"瞧你这不服输的劲！我当然知道，古琴有七根弦，但是我的想法是，这最后的那两根弦所象征的，更多还是精神。就像你所注意到的那样，对于大部分的神话传说，我都抱有怀疑的想法。然而当有人向我提起，古琴上的第六根弦是周王朝的一位天子（周文王）在哀悼自己孩儿的早夭时添加上的时候，我却对这样的传说颇为宽容，因为只有在第六根弦上，才能够弹奏出如此思绪饱和的音符，以表达那种沉痛的哀

思之情。至于那第七根弦，则是这位周天子的继任者所加的，他加紧训练自己的军士，以同商朝做最后的决战。而在这根弦上进行弹奏时，人们往往会敲击而不是拨弄，或者起码当人们听到这个音符的时候，它所给人的印象，会是同某些可怕并且迷人的东西短兵相接时的情形，这种感觉是任何战鼓都无法重现的……我们的先人认为，那些在古琴上有杰出造诣的人，能够成为一州一郡的行政长官，如果有朝一日你意识到了这种看法有多么正确，那么你将会在智慧的大道上前进一大步。"

"老师，您这一席话我会铭记于心的……现在，您能否允许我同您谈论围棋这项技艺呢？因为我至今为止，都无法说服自己，这玩意对我这样的年轻人来说究竟有什么用，尤其是仅仅生活在里美山这里！"

"自从人能够称其为人，有了理解和反应的能力之后，最好的失败方式，便莫过于从不尝试了。所有的大懒虫们也都身体力行地践行这条通往失败之路的上上之策。从你的表现来看，我要揣测下，在你父亲将要成立的著名刘家会馆里，并不会提供培育围棋手的选择。如果这样的话，我会对此感到难过的。如你这般聪慧的年轻人，其禀赋已然被像我这样的年长智者所感受到了。而中国传统文化的力量，便是有朝一日，能为你们这样的年轻人准备一片沙洲，令你们无论是在国家兴旺发达还是一蹶不振的时候，都能够用自己开化的言行举止去适应那一切的兴衰交替，直至这个国家能够在未来的世纪里走出如今的泥潭。文人雅士理应在琴棋书画各个方面都做到出类拔萃，这样的理念实在是源远流长的，是充实人们内心世界，加速血液循环最适宜的方式，并且在培育战略家们的体察人情、行使权力意识和品质时同样不可或缺。"

"但是我并不想要行使任何的权力啊！"

"那么你又有什么……权力去宣称这一切呢！年轻人不应该被各种辩驳所束缚，尤其是各种鱼龙混杂的想法，因为这恰恰能产生确实可靠的东西！你应当谦恭地接受这样的事实。如今摆在你眼前的选择，已经足以让你给予他人巨大的希望了。首先是给予你的父母，然后是给予里美山其他的村民们——当一个人成为自己父母的骄傲时，这确实值得尊敬，但是当他赢得了整个村子的敬仰，那将会多么令人钦佩啊！——最后，自然也包括你的老夫子！教育的目的之一，便

是能够令我们解决日常生活中越来越复杂的困惑，人们的习惯便是在这样的难关前停下自己的脚步，然而这样便是大错特错了——我们理应具备在复杂问题面前寻找到处理方法的能力，只有这样，我们才能够做好准备，在面对简单的进退两难之境时，去做出漂亮的决定。我始终坚持地认为，在我们生命之中所遭遇到的绝大多数困局，都只是一些令人费解的简单处境罢了，只不过普罗大众的常识和认知还不足以洞见到这些。围棋是一种包围的游戏，它能够教会你如何去鉴别对手的不同行动，并且将所有的行动组合成一个序列。当它们被组合到一起之后，你便能够尝试去解读对手行动的意图了，而对手也是如此。他要进入你的逻辑，干扰你发挥推理的智慧。对此，你应该学会对周遭的一切都不去在意，令其逐渐被内心强大的宁静所取代。只有在那个时候，你的手指才会如你所愿，敏捷地取走云子，放在棋盘上，而你也有了必要的专注度，以应付不断的计算，有所取，有所舍，赢得一局棋的胜利总要付出诸多代价，尽管极端的选择未必会出现。当然，除非棋手们把自己的心智掩藏在深处，否则围棋这个游戏会令棋手们暴露无遗，他们身上的

所有弱点，比如傲气、那种简直令人窒息的疲惫感，
还有当棋手的预计不足时，令他们备受折磨的困惑，
这一切都会清晰可见。"

"那么老师，我将会在这上面用功的……"

"我认为这非常好！你同样也要在绘画和书法上
用心啊。"

"我并不喜欢画画，至于书法，我练习得就更少了。"

"然而无论如何，书画都是你的好朋友啊！"

"我难道不能在这两位朋友里选择一位吗？"

"太遗憾了！每当人们必须在两位朋友当中选择
其一的时候，从来都不会有什么好事发生的，因为人
们或者要出卖第一位朋友，或者第二位朋友！"

……

"那么我们先说说国画吧，你愿意吗……在你这
样的年纪上下，会注意表象，而当到了我这个岁数的
时候，却首先去探究事物的本质而非表象。绘画，便
是一种将两者结合到一起的方式，因为它会摒弃严格
的现实主义，而将引向无法目睹，却能够用心灵揣测

的表述，甚至对于不同的艺术家来说，他们的表述方式也会各有千秋。因此便能解释，在中华大地上，人们可以碰到如此百花齐放、争奇斗艳的艺术风格，并且都能够对某种程度的独创性，甚至是剑走偏锋的、在这一片土地上闻所未闻的风格予以尊重。每一件事物以及他的对立面，都能够通过绘画得到表现。事实上，当一位画家的眼光全神贯注地投影在他所画作的对象上时，他会迅速地令目光摆脱它，进入自己的内心世界。根据画家本人在佛经、《论语》或者是道家经典里的所感所悟，去激发它以及其象征意义的共鸣；或者还有另一种情况，便是画师将强调所有各种物质的非永恒性作为依据，从而同佛祖的思绪产生共鸣；或者坚持着要将欺骗同幻象与世俗事物分离开来；或者不止于此，我的脑海中还闪过了第三种的可能性，通过自己的工作，艺术家便能够用最好的方式，去宣扬孔夫子所维护捍卫的生活还有社会道德了……呵呵，我感到自己已经令你困倦了……当然我们的关系实在是大不一样的……相比于我，你还能活很多很多年。不过当别人与你交谈，你也全神贯注地倾听之时，他便会很快觉察到，在五分钟或者十分钟过后，你便喜欢将对话引向另外的主题里！然而我呢，尽管我还没有到衰老不堪的年纪，我却明白时间会和人们开多大的玩笑，时至今日完全意识到了它有多么阴晴不定。因而我也不用再做什么了，毕竟我也没法证明那些你的教育未曾涉及的东西。我不妨享受自己还能活着的这段时光，就如同品尝甜烧酒那样，慢慢地品味它。当我还年轻的时候，曾经登上过某座山的顶峰，那时候我环顾四周，随即便会兴高采烈地结束我的壮举，从山顶上走下。如今，当我步履艰难地爬到某座小丘的顶上，我会一坐就是几个时辰，对着身边五彩缤纷的一切——蓝色的、绿色的、灰色的——入神地想着什么。它们好像起伏不定，却又像是在钩心斗角。对于那些生根的巨石所组成的景致，我是从来不会感到厌倦的。它们就像一棵棵松树般笔直挺立，而在雾与光的作用下，植物和矿物的区别似乎就显得模糊了。此时我便会告诉自己，当下的时光是属于我的，因为当人们身无外物地沉思着一座小丘或者大山，风儿也在枝叶间跳起不停歇的舞蹈时，他们永远都不会死……如此这般，我便能够同自己，同我身畔的大自然言归于好了，并且令自己达到了天人和谐之境。作画使我不至于为

那些庸俗的思绪所心烦意乱，我也以此来培育我的这份忧伤。这忧伤促使我思索，令我重新自发而真诚地作画……嗯……也许我不是让你感到厌倦了，我是令你感到百无聊赖了！在这时分，你通常都会去偷窥学校老师的女儿苞玉如厕吧！你可以去看她，不过再迟一会儿怎么样！因为我还有很多很多话想同你说，首先就是，如果此时的境遇，同你心中的兴致南辕北辙，而自己却无力改变时，急躁和沮丧将会非常糟糕！你要横下心，当场毫不后悔地放弃那些你无法拥有的东西，并且安慰自己说，在不久之后你将会拥有的，比如今你所奢望的东西更要好上十倍。小刘啊，你有没有听我说话？恢复平静吧，我们可以翻过这一页并且换一个话题，不过你千万别干赌气的事儿！"

"老师，我并没有对你不敬的意思，我也不怀疑，在数年之后我就能够像您曾经做过的那样，专注于某些事情上，以一种迁移的方式，让山川现于宣纸之上……应该怎么说呢，这将会是山川更深层次的实际，超越了它的表象，但是……"

"但是你今天，或者说在这个时刻，实在太匆忙了，对此我非常理解，而且将心比心地说，我其实也后悔了！"

"也就是说……"

"啊，啊，千万别替自己辩护！我完全感受到了那个让你生气勃勃的梦想，以及那个甜蜜的小秘密。那便是当下你对令人赞叹的卓越之事所有的概括了！那么我就继续同你说书法，当作是今天交谈的结束吧……"

"请老师原谅我的冒昧……您刚刚同我提及了用古琴弹奏时，千种不同的指法和手法……而如今，则如我同您所讲的那般，我掌握了其中的五十种。而在书法的八十四法当中，只要对其中的十余种了然于胸便已足够。然后在这之中提炼出条理，展现出自己的书法风格，这些都是我父亲教给我的。他说的究竟是对是错呢？"

"你的父亲完全正确，尤其是这一点上更是如此，即没有条理，人走不远啊。相比于你在社会中的处事方法，书法更能够确切无疑地揭示出你的特质，那么你是否可以想象，十多种对于脸部轮廓相貌的描述，就足够揭示出某个个体的特质吗？我们千万不要在自己追求完善的探索过程中去加以限制，并且在越过了第一个坎之后，就宣称对此已经心满意足了。这

还根本称不上是书法，因为你仅仅跨过了你父亲所要求你走过的那一步，而这仅仅是技巧上的东西罢了，因为这个步骤，是建立在模仿古人，并且不停地参阅你能够找到的各种字体风格之上的。我想如果说在这个勉强而令人失望的准备阶段里，要讨论你能够在练习书法的时候，注入多少自己内心深处的热情，多少自发的愿望以及多少世界观，那实在是徒劳无益——在你这青葱的年纪里，便要辛辛苦苦地学写最开始的二十五个字，而在此之后还有千百个字等待着你呢。然而这个辛苦的阶段，能够令你从此具备一件绝妙的解脱工具。它会令你摆脱物质世界的烦恼，在每一笔的笔法中都注入了某种活灵活现并且极具创见的原理，这也能够令你显得与其他人完全不同，因为这会是独属于你的形象。能够令你跑起来，或者背负起沉重负担的并不是活力，令你每天早晨早起的也并非活力，活力是那种与所有无序的倾向做斗争，并且疏通秩序、方式、平衡这些意识的存在……当然，还有神奇的，而这便是你的个人签名了！"

"您是否要说，我应当将王羲之作为榜样呢？"

"当然还有他著名的行书！不过我并没有写过他

那种行书，尽管他一生中的绝大部分岁月都是在我们省里的绍兴城中度过的。如今流传于世的只有他的名声，而不再是他的作品了。在中国，每一件原作都会有千万件复制品。如果你有幸回到这位大师所生活的东晋，那么这个数字恐怕还不止呢。而当一件复制品越是忠于原作，我越发会认为复制品作者的用功只是一种奴颜婢膝般的表现。除非当复制品能够令原作得以流传下来，并且兼具两位作者的灵感，令他们合为一体，亦形成相互的对照。然而，即便某些时候它们久远的年代本身就足以令人赞赏，这种复制品实在很少能够令我感动。我们应当承认，在里美山这样一个小地方，并没有保存有大量名家大师的书法作品。而我也希望你不要将王羲之，或者是其他朝代的任何名家当作是自己效仿的榜样。"

"那么应该以谁，以什么作为临摹的对象呢？"

"就像人们在那时所做的那样，以李子树开花的枝叶，以竹子的根部，以一切扭动的、伸长的、收缩的，或者是开阔之物作为自己的样本，也就是说从天上的云彩到美玉的纹路，都能够胜任。答案在于你自身，也在你身边近在咫尺的地方……如今，冲过去，并且

奔向那绿叶成荫的溪流吧，生活便在那里呼唤着你。我们下个星期再相会吧，还有就是，请代我问候下你父亲。"

……

这几年间，小刘从未间断过对老夫子的拜访，然而上天并没有慷慨地给予他比李白更为长寿的生命。忆及李白时，他总感觉自己只是个初学者，而且还是最笨拙的初学者，当然他纵情畅饮黄酒的时候，那就是个例外了……他相信，在某个小旅馆的桌前，自己正在同这位神圣的诗人举杯对饮。

……

老夫子阖然长逝之后，岁月匆匆地走过。那时整个省里的人，当提到老刘名号的时候，都会对这位博学多才之士报以最崇高的敬意。因为他能够对《昭明文选》《易经》以及许许多多这样的作品都过目不忘。而很多人都对他从不参加科举考试感到吃惊（他的老师也是这么做的），因为无论是在写作还是在其他的科目中，他都是如此卓尔不凡。当被人问及自己为何放弃了这样一条家财万贯、荣誉等身的道路之时，他的回答仅仅是："去朝廷做官会让我迷失自己。"

人们让孩子到他那里求学，而他也像老师所做的那样，培育着自己的学生。谦卑而温和的老刘，永远都记着自己老师的恩情，而自己则是老师的传承者。至于其他的，无论是快乐还是痛苦，他都默不作声。

......

"只有梦想才能够令我们生气勃勃，请永远别忘记我的这句话！"

小成和小刚正聆听着他们年迈的老师所说的话。

"对所有的事情，你都一定要做到坦诚相告，当然凡事都有例外，那些原本就在你内心深处的奇光异景，尤其是那些与人们常识相左的想法……"

第五章

鸳鸯

里美山所有的村民都曾经听说过它，然而见过它的却少之又少。

村子里的老人们说，族长朱斌就有祖母留下的一只享誉四方的鸳鸯，而祖母自己也是从一位姑母或是姨母那里继承了它。这位姑母或者姨母，曾经是京城里某位著名官僚的宠姬。因而这件礼物，意味着她被那个男人所抛弃，而并非如今所说的断绝来往。男人们在海誓山盟的时候总会信誓旦旦，然而他们抛弃女子的时候却是默不作声，就如同过往的一切恩情都能够化为过眼云烟，而他们便是如此安排自己私事的。女人们尽管偏好宁静，但是有些时候她们的声音甚至十分响亮，甚至如同一只铜制的编钟一般声色嘹亮。

而朱斌族长的那位祖姑母便是这样的，她的声音甚至可以欢乐地覆盖五个八度。当然，那样的声响要成为宫廷的乐声好像还是太粗糙了。当遭遇到这等飓风的时候，男人们也只能歇斯底里地说话了。女人们呢，当她们本能地察觉到大事不妙时，说话的神情便会转为怯懦了。因此，是方还是圆，那便要看人们所采取的观点了。这像极了当时圆形方孔的铜钱，应和着中国古代的天圆地方之说——圆象征天，有无边无际的梦想，方代表地，意味着人有所获取亦有所舍弃。对于想要懂的，人人都懂。而人生呢，就像是一根细细的短绳，串起了一枚枚铜钱。对于有些人来说，也许仅仅就是几枚铜币，在另外一些人眼里或许是十多个、数十个，甚至有上百个之多。最有经验的人明白，也许仅仅一枚铜币，便足以让你成为一个幸福的人，相反，一根密密麻麻地布满了千百枚铜钱的绳子，其实也不过值一两银子罢了，然而拥有它，你却要饱受折磨，直到撒手人寰。

鸳鸯是夫妻之间忠诚的象征，因为它们永远都成双成对地出现。人们曾经传说，那位妇人后来又等待了一年，希望那当官的即便不再同自己重修旧好，也能够给自己第二只鸳鸯。尽管此时此刻，越来越臃肿的体态，已经吞没了她莲藕般的身材，莲花般的前胸，莲子般的双目，总而言之就是，从前她如莲花般曼妙无双的身姿，如今已然随水而流了。"啊，我曾经听闻过那些情爱的诗篇！"她用一种做作的自嘲口气说道，"也许有一天，我能把那些情情爱爱的诗篇，一股脑地或者是分门别类地卖给那些缺乏浪漫的，或者是缺乏实际的恋人们！"

她必须带着一对鸳鸯回到里美山，因为她不想丢脸。

她一直在盼望着那份礼物，然而从此以后，当官的爱上了那些细腰美人，而她们的音色从来不会覆盖超过两个八度的音域。

在悔恨交加中空等了一年之后，曾经的官家宠姬，只能接受残酷的现实，打点好自己的行李回家了，而那只鸳鸯也被她带在了身边。

这只鸳鸯倒是有些特别之处，它并不会飞，也不会游水，也不能在地上到处闲荡。而且并不能肯定它真的就是某一对鸳鸯里的一只。因为它的目光笔直地朝着前方——而当人们用瓷器、青铜或者陶土制作出一对鸳鸯鸟的时候，其中的一只会转头向左，另外的

一只会转头向右。这位妇人因为只能将鸳鸯里的一只带回家中，而需要寻找些托词，比如它独自一方便心满意足云云。这并不是一只愚蠢的、形单影只的鸳鸯，它不为肉欲所左右，体现了一种忠实的典范，它所忠实的并不是自己的伴侣，而是那些同样坚实的价值和原则，而这些准则从那些早已作古的王朝开始，便激励着那些四海为家的习武之人——中国人把他们称作是侠，他们从来剑不离身，尤其是在为自己的主公效命，保障他们人身安全的时候。

而她的这只鸳鸯，则有些像是独行的侠客，高傲地走在自己的探险之路上，对于其他鸳鸯的引诱、挑唆都始终不为所动。

好吧，天生我材必有用。有些人总归有一天到了黄泉，羡慕嫉妒我的人和对我嗤之以鼻的人都要被冻僵了！最重要的是，自己的形象能够得到保全。因此，她拉下了窗帘。她对自己的这套理论满怀自信，于是勇敢地（有人甚至说是果敢地）踏上了前往里美山的归途。

......

　　事实上，那只鸳鸯是用一块琥珀雕刻而成的，是极其罕见之物。朱斌族长声称，这件器物甚至要追溯到康熙皇帝统治时期，而他又说（但并未将它展示给众人），这鸳鸯在某种程度上，是天、地与水合而为一的象征。而在雕刻它的时候，艺术家选择了用琥珀，而不是大理石。为什么这么说呢？他再补充说："在这一点上，我有自己的一些小想法。在中国，有各种各样我们所喜爱和敬仰的树木，而在这其中，有哪一种最能象征长寿、坚实还有决心呢？人们都知道，那是松树！"

　　此时响起了一个声音，因为有人要为竹进行辩护。朱斌族长是这么回答的："这可不一样，这完全都不是一回事啊！竹子代表着年轻、活力还有吃苦耐劳的精神，当然在它身上我们也可以见到某种长寿的标志，可是竹子却绝没有松树那么高贵！"

　　而还有另外的声音，认为李子树也能够担当此等美名。朱斌族长又发话了："这可不一样，这完全都不是一回事啊！让我重复一遍，这可不一样，这完全都不是一回事啊！李子树啊，不错，事实上……这可是在春天最先开花的树啊……它象征的是春回大地、坚韧不拔，

在寒风凛冽的冬日，它是如此的讨人喜欢，而当春日降临时，它却默默地抽身离去，任花儿们争奇斗艳……然而松树就不同了，因为一年四季松树都笔直地耸立着！在城市和乡村都已经进入梦乡的时候，它还默默地为人们值班守夜，而从一年之始直至年末，它也都激发着艺术家们的灵感，对它一枝一叶的微微颤动都毫不厌倦地细细端视，并对它笔直矗立的样子大加赞赏——尤其是那些从山间拔地而起、竖直挺立的松树，大自然像是让它们在半空中凝固了一样。苍天和大地，对于争夺它们的所有权似乎也已经厌倦了。因而让它们凝神于天地之间，在周围的悄无声息间茁壮成长并且成为永恒，也不失为一个不错的协议。"

朱斌族长依旧倾听着他人的想法，然而这时候，对于所有那些关于哪棵树能够象征长寿的评论，他已经有些漫不经心了。

有人甚至提到了知了，这不由地令他倍感愤怒。虫儿怎么能够和树相提并论呢。他甚至呵斥了一位姑娘，因为她问，那只鸳鸯是否就像玉蝉那么大（在古时候，那些操办丧事的家族，会将一只玉蝉放在他们已然逝世的父母口中，然后再让他们入土为安）。在这个时候，他甚至想要从家里黄花梨木制成的小祭台前，将那只放在丝绸垫子上的鸳鸯取出来摆放，而同样放在垫子上的还有一尊佛像。但是他还是忍住了，因为他的那只鸳鸯实在太珍贵了，怎么也不能像马戏团巡回展出那样随随便便地拿出来吧。然后，他便觉得，让它的模样成为众人的不解之谜，也是件好事啊。接着便用眼神打量着邻居们的反应，发现当古老的嫉妒心在很多村民那儿达到了极致时，他们就好像随着阴晴圆缺的月亮涌动着。这阵人流也并非凝固在当地，而是不断地上上下下，并且在危机最严重的那一刻达到了极点。那场景简直就和萧山城的钱塘江大潮别无二致！所以最好还是让那鸳鸯远离这些揶揄讥讽的家伙吧。朱斌族长这下便镇静了下来。

　　"当我同诸位谈到，哪种树木是长寿的最好象征时，诸位却同我谈起了知了，借口说这种虫儿的寿命和一条狗那么长，而在这个凡间世界里，也没有其他的虫类能够如此幸福了，起码它们都没法在垂柳之下如此悠闲地消磨时间！然而我认为自己所看透的，却是一种相反的观点，而我同样认为，寿星的门徒们正骑着野山羊，手里拿着酒葫芦到处溜达着！当然啦，

还有些人认为苍鹭不多不少，尤其是成双成对的苍鹭，恰好是长寿最好的象征，它们昂首直冲云霄，就如同那些腾云驾雾的仙人！苍鹭！它们的生命，顶多也就像一条老迈的狗儿，这种动物也就仅此而已了！……好吧，让我们还是言归正传，说说树木吧……真要说的话，我并不反对将桃树归入此类，不过你们可要听仔细了，我所说的桃树，是那些在昆仑山上生根发芽，并且每过三千年才会结出长生不老果实的仙桃树！我酷爱里美山的蜜桃，然而当我已经享用了数之不尽的里美山蜜桃之后。它们尽管能够让我就像一只年轻的兔子一样到处奔跑，却没法令我延年益寿啊！至于松树，我对诸位说过，松树！这才是长寿的完美象征啊。不妨用点时间，从里美山这里俯视一下你们的身边！你们看到了吗？看到了什么？当然是那些松树了！松树绝对是非比寻常之物，它所分泌出的树脂，便能够成为琥珀……而我的鸳鸯呢，自然也是源于精纯的琥珀了！诸位都渴望一睹它的样子，仿佛没法看到它就是死也不甘心似的。"这玩世不恭的老家伙，此时发出了"嘿嘿嘿"的笑声。"好吧，我也并没有像年轻时候毫不费力地一箭射中靶心那样，直截了当地同你们做解释，当然啦，有些时候我还是会射歪的。"

几位姑娘放声大笑起来。

朱斌族长的脸色一下子变得惨白起来。不过随后便呈现出一阵骄傲的玫瑰红——想来是他会错意了，因为在放浪大笑的姑娘那里，他感受到了一阵晕眩、温情、怀春，一言以蔽之便是某些扰乱人心的感觉——随即，当感到自己刚刚那些话里拐弯抹角的意思令自己都倍感羞辱之后，他的脸色便通红起来，羞愧难当。而那些女人们，则发现那是这位老人最有趣的招认之词……人们说，当他与女士们相处的时候，总还不忘大献殷勤和卖弄风情，而她们也不会去询问他有关鸳鸯的趣闻，因为这样的话一出口，他便会像烫伤的猫咪一样，在第一时间就产生最敏感的反应。

他所钟爱的，便是自己的鸳鸯！

当夜幕缓缓地降临，屋里此时也就只有他一个人了。当他确信别人不会再来窥探他之后，他便将一根蜡烛放在了榆木制成的桌上。一直以来，这张桌子都被他用来练习书法。桌子的中央是大理石铺成的，那些天然的图案，让人不禁回忆起杭州西湖小舟荡漾时，泛起的阵阵涟漪。当然，可千万别把这当作是中国海里咆哮的波涛，

那些鸳鸯们一定都会对大海敬而远之的。

随即，他便将它握在了自己手里，像嗅闻着茉莉花的香精那样，将鼻子凑到了它的身上。他全神贯注地观察那透明的树脂，它有如胭脂一般泛着阵阵的红色。他不禁浮想联翩，在它的脖子上抹上了一层美丽的绿，在它的鸟喙上又染上了一阵黄，至于胸前，则好似一片深深的褐色，还有鼠灰色的腹部，以及在脚爪上的那一点橙色。至于其他的，那便是里美山公共洗衣间的出水口和周围的池塘了！只有它，才配得上成为勇敢战士的光辉典范，因为他的鸳鸯，是一种能够为保护自己的雏鸟而勇敢战斗的种类！在烛火的光芒下，他又让它投入了一场战斗，而一个梦幻般的影子剧场，则布满了整个简陋的小屋，这一切都凸显着鸳鸯的身形尺寸还有其侵略性。在一本土里土气的笔记上，朱斌族长结束了这段插曲，翻转着鸳鸯的身体，仿佛它的头就要沉到桌面之下一般，而它的身子则重新挺直了起来，仿佛让人觉得，鸳鸯正在捕食着浅水区盛产的无脊椎生物。如此这般，朱斌族长便结束了他晚间的活动，随后他便横身在床上，脑海中翻腾着自己应该如何走出自从孪生兄弟过世以后就不得不面对的经济困境。他的兄弟名叫朱涵，是在饱受了腹痛的折磨之后，终于驾鹤西去了。

把这个鸳鸯给卖了吗？绝对不可能！把这栋房子给卖了吗？这房子到处都在漏水，而它的屋顶随时都会有坍塌下来的危险，令他自己也要哀求上天的怜悯。那么卖掉母亲留给自己的银戒指又如何呢？久经风霜的戒指如今已经泛出了黄铜色，毕竟戒指本身便是以黄铜为材质打造的，而那薄薄的镀银涂层，甚至还没有一枚铜钱来得厚吧？那么拆掉自己的书桌呢？然而只有在这个书桌上，才能够制造出鸳鸯戏水的景象啊。

……

深夜两点：我应当把鸳鸯给卖了……这太悲惨了！

凌晨四点：呃，我之前说了什么？

早晨六点：呃，好……

早晨八点：我只不过是个老头子罢了，我这么个狂妄的老族长，现在也只能逗乐村子里那些小淘气鬼罢了。

上午十点：好吧，这也不失为一个好点子，但是卖给谁呢？

……

应当承认的是，在生活中巧合是无处不在的，而且没有最偶然，只有更偶然。绝大部分的婚姻便是在这种偶然中萌发的，而没有了它们无处不在的影子，年轻人们就要继续过着那平淡无奇的生活了。这种相对来说安安静静的生活里，自我的取悦就必不可少了，姑娘们总会时不时地这么做，尤其是黄昏时分，在半明半暗那阵子——无论是哪个半明半暗的时分。而对于男孩子们来说，从黎明时分直到……直到他们最口渴难耐那会，然后到了第二天，这一切便会在第一缕阳光照射到他们脸上时，重新再上演一次，直到晚风开始噼噼啪啪地扇他们的耳光。事情便这么一言为定了，而巧合绝不会随性而至。

……

翌日的中午，这样凑巧的事便就在朱斌族长家门前的路上发生了，然而这样的偶然，却不仅始料未及，同样也烦人心绪。有个小伙模样的人出现在了那里，

他的脖子比爪子还要长，而他还有不属于人类的，在
鸳鸯的爪子上司空见惯的……蹼！

"我知道，我的形象只是用来唬人的……"

当他开口的时候，他甚至都没有张开自己的嘴，
似乎体内全部的能量都返回了自己的腹部。此时，朱
斌族长不禁心下思忖，他是否和鸳鸯的灵性有某种关
联？他平整的衣物，似乎也令他鬼一般的形象清晰可
辨起来……

"假若我烦请您移步到太阳底下说话，不知会不
会妨碍到您？您在那里背着光……我认不出您！"

"请您不要担心，我并不是那种让您到惧怕的魔
鬼！您瞧瞧，我的身子在地上是有影子的吧……如果
我真是鬼的话，怎么可能会有影子呢！在我的眼里，
您如此的清晰可见，而并非是一个含糊不清的泛红身
影。而如果我是鬼魂的话，我所看到的您便会是那个
样的。我来这里的目的，并非是想要让村民们举行一
个新的节日，去供奉那些贪婪的鬼怪，并且让里美山
村民们的灵魂得到平息——那些上吊自杀，或者溺水
身亡，或者客死他乡的人……至于其他的，我也不会
同你背道而驰，大自然便是那么会捉弄人，它让我的

父母亲生下了我这么个长得有点像鸳鸯的人来……"

"你身上还有羽毛！"朱斌族长惊呼了起来，随即他便改口了，"你衣服上这些油腻的分泌物，真像是鸟儿用来保护自己羽毛不被雨淋……"

"也许，有点像是菜油吧……我就是用它来沐浴的，它也会令我身体健康……"

"看来您不仅仅是在外表上像极了一只鸳鸯！"

"我知道……不过也许我是一只鸳，寻找着自己的鸯……人们告诉我说，您这边就有一只……完全非比寻常的鸯。"

"人们总是会胡言乱语的，您可千万别轻信他们说的！"

"但这鸳鸯……"

"这既不是鸳,也不是鸯！这只是一只中性的鸳鸯！"

"啊……我们还进化了吗……它究竟是中性的呢，还是中立的呢？"

"我可不明白了！是的，我是有一只鸳鸯，而且如今生活的境遇，也许会让我不得不同它挥手作别了。不过注意了，我同您所说的，可不是一只在家禽饲养场里的动物啊。朱斌族长的鸳鸯，曾经属于一位才貌

出众的交际花，甚至连皇帝本人，都邀请她同自己度
过漫漫长夜呢……如果您明白我要说什么的话……"

"是的，我明白……"

"这只鸳鸯是在一次探险旅行中被我收入囊中的，
在那段时间里，有些村子失火了……很简单，无论是
在北京还是在浙江，所有的官僚们都希望在自己的收
藏品里，能够再增加些种类。而那些腐败成性的朝廷
命官们，则希望通过自己的影响力，将自己的腰包撑
得鼓鼓的！"

"有意思……"

"简直是令人激动、扣人心弦啊！您应该很明白
了，村民们对于捍卫自己的遗产决不会轻言放弃的！"

"我明白了，您的鸳鸯并不是一只普通的鸳鸯，
因为它具备了一只鸳鸯所不具备的东西……它有多少
只爪子？三只吗？当它行走的时候，人们是不是会把
它当作是三脚架上的一口锅？"

"当然是两只！就像其他所有人一样，哦，不，
我想说的是和所有的鸳鸯一样！"

"那么它究竟有什么非同凡响的地方？难道它的
喙是漏斗型的吗？"

"请您记住了，我的鸳鸯是琥珀制成的！"

"我见到了啊……"

"您见到了……不，这绝对不可能！您究竟想要寻找什么呢？"

拜访者打量着他的周身。几个村民已经观察到了他们，眼神里充满了惊慌失措，却并非不怀好意，因为这样的一个人，他的体型已经完全不是人们熟悉的样子了——高的、矮的、胖的、瘦的。但是这个人的样子却和这些都不搭边，他既不高也不矮，不胖也不瘦，他就像是在制陶工人的塔上所诞生的物种，在那里被加工成型，并且统一进行装饰，也许还有一个系列也说不定……一个兄弟……一个姐妹……最后在炉灶里加工完毕。这就像是一件怪异的瓷器……

"我想要寻找石块，美丽的石块，那可是大自然的杰作啊……那些非比寻常的石块……您是否听说过米万钟①？"

"呃……我当然听说过了，不过听过也就算了。

---

① 米万钟（1570—1628）：明代书画家。有好石之癖，善山水，花竹，书法行、草俱佳，既有南宫篆法，也有章草遗迹。与董其昌齐名，人称"南董北米"。

我也不会轻易地同那些只在里美山歇一歇脚，过上一两周的人深交的……"

"我从来不觉得米万钟会到里美山来过，因为在两百多年前他就已经去世了。米万钟对石头有着近乎痴迷的喜爱。有一天，这个心潮澎湃的石痴来到了北京西南面的房山，在那里他发现了一块珍贵的石头。这位学者被石头的形态所深深地吸引了，于是他不惜血本，要将这块石头在天寒地冻的时节里从矿井里挖掘出来，并且一路搬运过去。在那个季节，只要在路上洒些水，便会立时冻结成冰。他便用这种方式将石头运了出来，为此他还雇用了数十匹马去拉石头！因为资金短缺，这位不幸的学者便放弃了将石头运往北京的想法。百年以后，乾隆皇帝得知了这块因为难以搬运而遗弃在良乡路边的石头，了解到这段尘封已久的往事，同样在心驰神往间，完成了米万钟疯狂的未竟之业。"

朱斌族长一边听，一边轻轻地敲击着自己的下巴。他沉思了一会，心下思虑即便他的鸳鸯尺寸相对并不大，但是这某种意义上讲，依旧是大自然的神奇作品。于是他便用一种并不寻常的亲切口气，对他的访客说道：

　　"看来您是敲对了门。请您先在平台上除去鞋子的污泥，然后走进寒舍。您现在是我的客人了，我马上给您瞧瞧我手里的鸳鸯。"

　　……

　　在向客人展示了鸳鸯鸟之后的仪式就像是贴上了宫廷的标签一样。这个男人一边扮演各种各样的宫廷角色，一边不停地手舞足蹈着，从奴仆、侍卫、大内总管到大司仪，他无不扮演了一遍，这样的阵仗，已经足以令一个不寻常的访客见识到皇帝身边随员们那不同寻常的气魄，并且为之震慑了。然而朱斌族长的客人，并不会听任自己为这一切所惊讶，更不会让这些小小把戏在自己眼皮底下轻易地蒙混过关。

　　这是事出有因的，自从北宋年间的徽宗皇帝以来，那些身份显赫的中国人不计成本地购买各种珍贵石材，花钱如流水，连眼睛也不眨。这些石头，有的似兴高采烈，有的似痛苦万分，有的又蜿蜒曲折，仿佛充满着智慧和活力重现着人与自然的浑然一体，代表着美学和道德上的非凡意义。大自然以这样的勾勒，似乎在向人们表明，她的工作早于人类和人类的文字书写系统；同样的，大自然通过这些用抽象的方式塑造出来的石头也从不会奴颜婢膝地复制或者抄袭从前的杰作。朱斌族长的这位贵客，便是中国很多大家族的供货者，他应某些王公贵族的要求，从一个山峦密布的省份跑到了另一个省份，为的也就是去寻找这些珍贵的石头。那些王公们想要通过石头，来寻找那些翻遍了圣贤书，寻遍了甲骨文都没有找到的答案。

……

"这并非用琥珀制成的……我很认真地说……这不是琥珀！"

这番话如同是判决已成，而且没得上诉。同他的那位祖姑母一样，朱斌族长也不想在这个场合大丢颜面，即便在一个陌生人面前他也要挣足面子。他有点神经质地靠着椅背暴怒起来：

"怎么会这样，这怎么可能不是琥珀！我向您敞开了自家的大门，并且任由您进入了祭台……"

"这就叫祭台？您也未免太能开玩笑了……"

"我该说的都说了，我当然并不想得罪自己的客人。来吧，您先喝下一杯绍兴酒，这样便会让您清醒些，而您的眼光也会因此变得犀利起来的！"

"在这件事上，眼光并不是什么大不了的，我只是确信，您那只鸳鸯的透明度实在太完美了，完美到根本就不像是琥珀所制成的，因为在琥珀里一直都不乏杂质……"

"不乏什么？"

"不乏杂质，我们在说缺陷……"

"缺陷！我的鸳鸯有缺陷？您简直是疯了！"

"也许我是疯了吧，不过我还要摸一摸它才能确定。请您给我一分钟的时间，我想要证明些事情……"

"我可不会轻易借人……"

"呃，好吧，那么这次您不妨亲自试一下……我的凉鞋上沾上了几根山羊胡子，我将它们都置于桌上……"

"……大理石桌上……您把山羊胡子放在我的书桌上吗？这可真恶心啊！"

"每个人都应该有点付出吧！您的头上已经不剩几根毛了，曾几何时，我的头顶上也满是浓密的头发。

所以，我怕这些小虫子会让我的头发更加沉重，这将
会让我的经历大受影响！当人们去如此偏僻的地方旅
行时，这便会显露无遗了。现在，请您穿上旧短筒袜
吧……"

"好了，就当是我求你了！难道在我的头上套上
旧短筒袜合适吗？"

"当然不是套在头上的啦……不过您已经不是第
一个这么认为的了！好吧……一块破布就能行了……
不过请您给我一块含羊毛的布。"

朱斌族长便在柜子里搜了搜，并取出了那双旧短
筒袜……

"现在，请您用这块……破布来擦拭一下您的鸳
鸯！"

"擦拭多久？"

"擦，继续擦……好了，现在可以停了，然后请
将您的鸳鸯放在靠近山羊胡子的地方，就刚刚在上面
一点点，现在发生了什么？"

"当然什么都没发生！您希望什么可以发生呢？
难道是让这只鸳鸯变成一头羊吗？"

"琥珀有一种令人惊异的属性，如果这是琥珀的

话，那么山羊胡子就会受到轻微的吸引，然后黏在您鸳鸯的底座上……"

"但这东西是巫术！在里美山人们可不喜欢这玩意！"

"如果将其称为巫术的话，那么早在一千多年以前，中国人便已经对这种巫术有足够的认识，并且给出解释了……我可不会把这东西称之为巫术，这是科学！"

"短筒袜……哦不，也许是破布。它也许已经在长久的使用之后失去了它的特性……或者是这些羊毛从公羊身上剪下来时，公羊本身已经衰老不堪了，因为羊毛……"

"千万不要感到厌倦……因为还有另外的方法可以证明……"

"我倒是有兴趣了……"

"您可千万别高兴得太早啊……您也和我一样清楚，琥珀是由松脂所制成的吧，只要用一根在火上烤得通红的针，扎一下您的鸳鸯……"

"真是旧的不去，新的不来啊？您难道想要像烤鸡肉一样，把我的鸳鸯串上吗？我坚决不同意这么做！

除非您能够反过来证明，这只鸳鸯是琥珀制的，而这个事实是整个里美山都知道的！"

"到了合适的时候我自然会证明。不过您现在想想，假如整个里美山，就如同您所说的那样都知道朱斌族长的那只鸳鸯并不是琥珀制的，而是用另一类的树脂伪造琥珀雕刻而成，那么将会发生什么？"

"我将会名誉扫地……在一定时间里一定如此……然后我便会向他们解释说，材质本身是一回事，但是艺术家雕刻鸳鸯所付出的心血，比材质本身的商业价值要更加宝贵。想想有多少价值连城的杰作，仅仅是用质料普通的木材或者石材来完成的！里美山的人们可不是些没见过世面的野蛮人！他们都是有艺术细胞的！不止一个人曾经问过我，是否可以将我的鸳鸯放在村子入口处的神社里，和土地公公肩并肩地摆在一起！所以它可不只是一件乖乖地待在我的橱柜里的玩意，而是得到众人崇拜的物什啊。从它的喙里、从它的脖子上、从它的羽毛中，从它的蹼上，都会散发出阵阵茉莉花般的香味。那可不是像我房间里，你所感受到的这股呛人发霉味……我也曾经有过富足的日子，甚至还挺铺张的——当然仅仅是在里美山这儿

可以称为铺张的排场……一头猪、一头驴，呃，当然，对于自己拥有一头驴作为家产我还是很自豪的……看到我今时今日的潦倒情形，谁又能想到这过去的一切啊。"言及于此，朱斌族长是如此自命不凡，而他的双目却已经被激动的热泪所湿润了，一行热泪此时恰好落了下来，不过立刻便像是菜豆的表皮那样干涸了……"然后，我曾经还拥有过整个村子里最大的一群野鸽子！"

"您已经身无分文了吗？"

"是的……"

"好吧……在这种情况下，留给我们的只有一种方法了，我现在便要刻不容缓地开始。考虑到您年事已高，您是否觉得自己能够胜任一次漫长的旅程呢？"

"我一直都梦想着能够游历京师。"

"谁告诉你说北京了！我自己也是受了一位宁波富商的委托，去采买一些太湖石，目标是江苏和浙江两个省境内的上乘石材。请您相信我，这可不是件什么美差啊，因为商人在造访了苏州，并且注意到在苏州的留园里，有一块被人们称作是'冠云峰'的石头实在是美得令人赞叹。后来他便对此事念念不忘。找石头不难，难的是要找一块如此细长挺拔的石头。因为‘冠云峰’便像是一座小山。从那块太湖石上，展现出的是男性的雄健力量。它的褶皱，还有它的坑并不能承载雨露，而是让其自然而然地流走。简而言之，这块石头是最轻盈，也是最透明的。我曾经找到过一块……足足有六米高……而价格方面也令我们感到心满意足……从那时起，我便再也不用担心金钱方面的问题了，并且还能够斥资购买艺术品……"

"我的鸳鸯！"

"我们的目的地便是宁波了。"

"从我那温情脉脉的童年时代开始，我便梦想着有朝一日能够品尝从淤泥里挖出来的宁波海螺，似乎淤泥能够使海螺的肉质更加鲜嫩，还有……"

"在路途上，我们会在嵊州稍作停留。"

"噢，这该是多么凑巧啊，我一直都打算能够尝尝闻名遐迩的嵊州豆腐，人们用辣椒和花生仁……"

"宁波同样以它的工艺而闻名……如果您的鸳鸯被证明不会在水上游，那么您就能够卖出一个好价钱……能够雕刻出它的艺术家可绝不是平庸之辈啊……"

"这可是您对我的这只鸳鸯第一次发出赞美之词！但是希望它可以在水上游，这又是一个多么奇怪的主意啊！就在我们村子边上，就有个池塘……"

"琥珀能在咸水上漂浮……如果鸳鸯可以游水，那么我们心中便有数了！"

……

一想到自己能够享用嵊州豆腐配上的满满一碗米饭，朱斌族长便即大喜过望。每天早上，他都是用油条来填饱肚子的。尽管食材的原配方是从南京来的，但是自从豆腐被宋朝时候的一位商贩发明出来，它便广受欢迎了，尤其是作为早餐，赢得了帝国各地子民的垂青。各地的人们也在此基础上制作了具有当地特色的豆腐，嵊州自然也在其列。至于宁波海螺，他在那几日之间也毫不停歇地把自己的肚子撑饱了才善罢甘休。最后，在某个周日，他的旅伴表现得不耐烦了。

"老人家，我们现在应该做下正经事了……"

而朱斌族长刚刚叫上第三份炒鳗鱼。

"可我们不正是在做正经事嘛！"他扑哧一声笑了出来。

"是时候了，快吃完您的饭吧，我们接着就要去海边了。"

在万里晴空下，他们沿着海边一路前进着，当然时不时都要停下脚步来，朱斌老人从来都没有见过大海的模样。他倚靠在一块石头上，遥望着汪洋大海。随即，他便静静地重新上路。

"这里大海并没有那么波涛汹涌，我们就在这里试试吧。谁来？"

"这可是我的鸳鸯啊！"

"既然如此，老先生，请放生它吧！"

朱斌族长候到了那个短暂的瞬间，在潮起潮落的瞬间，水流似乎已经静止了。随即，他便在只有小腿肚那么深的浅水处，把鸳鸯搁在了海水的表面上。

扑通一声！……鸳鸯沉到了水底。

他立刻听到了这样的结论：

"这便是我所害怕的……它并不是用琥珀制成的……"

"你必须要给出另一个解释！"朱斌族长一边打捞着鸳鸯，一边还嘴道。

"啊是！……什么解释？"

"海！这里的海并没有那么咸，您快来尝尝这海

水！"他将手指浸到了水里，并且向石头商人伸过了手去，而一直都走在后面的商人，也不由地感到一阵恶心。"既然您的态度如此轻蔑，那么我倒不如独自一人走一会儿，我们今天晚上在旅馆再碰面吧。我会告诉您，哪里的海水足够咸，这样它就能够浮起来了！我要向你证明，我的鸳鸯是琥珀制的。"

朱斌族长的脚步逐渐远离了他的同伴，他的步子是如此地坚定。他的同伴心想这也许是老人家的固执吧，所以也并没有去拉住他。

……

翌日，人们发现了朱斌老人的尸体——他是溺死在海里的。

至于那只鸳鸯，同样也不见了踪影。也许它终于能够漂浮在水面上了吧，于是被海水带走了……

第六章

象龟

这曾经是很长时间里，里美山村民们最守口如瓶的秘密。

里美山的村民们可从不缺少秘密。正因为人类的天性本就如此。人类的生存需要米饭，需要水，同样也需要秘密的滋养。然后呢，就是蜂蜜和牛奶了，当然啦，还有大蒜、洋葱、猪肉、醇酒、鱼肉、优良的小麦、鸡蛋，以及所有不仅在浙江也在其他地方不可或缺的东西。

人们从不会在自己最基本的需求上进行妥协，尤其是当人们发现自己的人生只有一回，而且并非一段特别漫长的时光。同样的，人们发现，填饱自己的肚子，如同填满自己的脑袋一样，只是一厢情愿罢了。

这不免就像其他幻觉一般残酷了。人们被迫去寻找消遣娱乐的方式。于是，在人们用鹅卵石敲击着巨岩时，人们偶然间"不得不"创造了音乐。虽然那最初只是为了避免让两个人发生冲突。

有些人由此便学会了什么，而另一些人呢，他们并没有记下这段经历。

里美山的村民们长久以来一直安居乐业。他们也许有些时候不够大方，却从来也都不会对那些给生活增添情趣的美好事物漠不关心。

那其中当然也包括了为男人们准备的香水和肥皂——它们能够起很多泡泡。

同样也包括了那些为妇女们准备的酒精饮料——它们能够清清嗓子，让嗓子变得清亮。

有些时候，往往事与愿违。

至于有记载的那些秘密，其中有些是有关生死的，有些与遗产继承息息相关，它们寄托着人们的期望和等待。有的人对那些秘密心怀些许期待，有的人则寄予厚望，甚至为之疯狂，但也有一些人无动于衷。那些通过口口相传的方式传承着文化遗产的专家们也承认，很久以来，家庭一直都是承载这类秘密的最好土壤。

秘密在家家户户当中不为人知地孕育生长，不为人知地代代相传。

当然，更多的秘密，在最通常的情况下，是在外部干涉之下产生的。

当光绪皇帝只有十二岁时，他就知道了一个秘密。本章故事将为您讲述这个秘密。

一位名叫王颐的里美山村民，一直渴望出去闯荡，寻求发家致富的机遇。1870 年年初，当时只有二十岁的他，在广州登上了一艘从中国南方驶往遥远的美利坚合众国的船。那是一段被称为"淘金热"的时期。美国州际铁路的建设也在热火朝天地进行着。王颐几乎不费吹灰之力就找到了一份工作。然而他从来没有摆脱苦力的命，因而对于实现自己的梦想感到了绝望。自己挣到的所有钱，他能省则省。尽管他吃不饱穿不暖，但在那几年间，他依旧保持着强健的体魄。这也是雇主们乐于聘用他的原因。然而在 1875 年，美国通过了一项法案，将所有登上美国土地的亚裔的移民都视作不受欢迎的人——也许是因为妇女卖淫现象猖獗，也许是某种类似于强迫劳工的现象，或者是因为某个人在自己的祖国有过犯罪坐牢的案底。总之，这令他

感到深深忧虑并困扰不已。

如此充满歧视性的政策，已经伤害了王颇的感情。他一直以来都能够和所有人打成一片，并且从不出口埋怨。一日，他在衢州听到一位美国的传教士吹嘘自己所信仰的宗教如何优越，似乎只有自己的宗教能够向人们保证天堂和永生，鼓励那些最无助的人去安于自己现世的处境，希望有朝一日，在与世长辞之后，能够有一个美好的来生……那时，王颇全神贯注地倾听着这位牧师喋喋不休的布道：四海之内皆兄弟，对于所有信仰异教的人士也应该宽大为怀……当牧师以一种抒情式的追忆，吹嘘着美国人文明的风尚，以及在尊重个人自由方面领先于其他任何国家时，牧师已经老泪纵横了。王颇从中听到了友爱与包容，随后即打点行装，准备踏上前往广东的行程。

光阴似箭，转眼到了 1875 年。尽管这一切令他感到痛苦，但王颇还是犹豫不决。尤其是曾经受人辱骂，而那些污言秽语是他从来都不敢说出口的，即便是受到这般侮辱，他也不会说出这样的话。他觉得自己受到了愚弄。可是最后，王颇还是决定继续留下来，将自己打工所得好好存起来。

在美国，他一待就是七年。而在这七年时间里，他几乎尝试过所有不同的行当。直到有一日，美国通过了一项禁止中国人移民的法案。对于华人群体的敌意，已经发展到如此显而易见的程度，华人被指控犯下各种各样的错误，其中很多完全就是无中生有，更有甚者，华人受到各种意欲犯罪的指控。"既然他们并不喜欢我，那么为什么我要在这群野蛮人中间待上那么久呢！"王颇是这样想的，"我到这里来，可并不是为了乞求得到他们的款待，而我也不觉得自己亏欠了他们任何人情。我的工作如此繁重，得到的回报却又如此少得可怜，想来这七年的时光，已经让我看透这些家伙了。如今，我会毫无怨恨地离开，我不在乎过去遭受的种种，我要有尊严地离开……"

于是他便离去了，但是并没有走最快的路，而是恰恰相反。

在他辗转美国的岁月里，王颇从未丧失过自己对于中国传统中药的好奇心。在旧金山，通过接触来自中国各行各业的人们，他学到了很多东西。一位中国同胞想要为自己那艘从纽约到马赛，经亚历山大港，然后从科伦坡、新加坡回到中国的远洋游轮招募海

员，恰好聘用了他担任随船的医护助理。那些欧洲人的药品，对于那些从操作机器到管理餐饮的海员们身体状况的稳定，实在是没什么疗效。那些人要没日没夜地在甲板上操劳。而船员们的健康状况对于一艘海轮的顺利航行是必不可少的。

到了科伦坡之后，在久负盛名的 Galle Face 酒店里，一位广东籍的厨师得知他在船上之后，有事相求。于是王颀下了船，去给一位华裔的商人进行治疗。这位商人的家人在越南的首都河内已经居住了多年。然而当法国人占领了河内之后，他便离开了那儿。当然他并没有返回自己的故土。这位华人在考虑了法国人的殖民计划之后做出判断，最好还是一路往西走。

商人肝脏的状况很糟糕。毫无疑问病灶在此。但王颀能够做的，也只是减轻他的痛苦。王颀体贴和认真的照顾，令商人并没有感到自己的大限将至。直到他生命的最后一刻，一位公证员前来记录他最后的意愿。在遗嘱里，他以现金的方式，赠予了王颀一大笔钱，以及……这成为里美山保存得最好的秘密。

……

让秘密之所以成为秘密，往往并不因为秘密本身有多特别。

根据口口相传的传统，一位仕子正要前往京师，参加每三年秋八月举行一次的科举考试。为了能够养精蓄锐准备下一阶段的考试，他在宁波稍作停留。他对品尝当地的特色菜颇有兴致，因而他便在甬江边上的一家旅舍里，点了一道冰糖甲鱼。这道菜色香味俱全，无论从哪个角度都配得上褒奖。旅店的老板猜测，这个细皮嫩肉的年轻人，也许将会去京师参加科举考试，因而给他上了一道熟甲鱼。这道考究的菜无巧不成书地被人们称为"状元甲鱼"。

几周之后，在科举考试中这位仕子获得了最优异的成绩。心潮澎湃的他宣称，自己之所以能够取得这么优异的成绩，也是多亏了这道美味可口的佳肴。令这位商人颜面有光、倍感荣幸的是，那位仕子又再次造访了宁波。此时此刻，他全新的身份已然赋予了他足够的权力。他让这家默默无闻的旅店成为一个人人都不会错过的驿站。那些将要参加科举考试的仕子们都要住在这里——无论是院试、乡试、会试还是殿试，最后的殿试是最困难的，因为这是在紫禁城里由皇帝

本人亲自出题的考试。

　　很快的,在宁波这一带,软壳甲鱼就开始供不应求。看到"状元甲鱼"如此受到欢迎,其他的餐馆老板们也下定了决心,给他们的顾客提供其他品种的甲鱼。而那些流动商贩喊出的卖价也在不断地上涨着。他们走遍了省里各处,都是为了搜罗到足够的甲鱼。

　　也就是在这段日子里,王颀又回到了大海之上。想来还有很久,他才能重新见到里美山的模样。无疑,七年在美国的生活,对他产生了深刻的影响,让他在评判他人以及评价人生目标上都有了不同的想法。他所受到的各种侮辱,似乎给他指明了一条心灵之路,与探索人与自然、人与宇宙之间的和谐共处息息相关,也涵盖了人与社会的和谐共处,以及那些普罗大众间不成文的规定。

　　里美山在中国,虽然不是一个僻静的修道场,却是一个与世隔绝的天堂,他并不希望同那里的人们断绝来往。那里远离各种现代人无法摆脱的七情六欲。村民们朴实无华。依王颀当时的经济状况,得益于那位已故的河内商人的馈赠,他能够重新建起一栋房子(他有些自嘲地想到,我可不是建筑师啊!),还能够布置一个不引人注意的小花园。花园的一侧垒有石块，为花园遮风避雨。

他没有大大方方地向外人展示他带回中国的那一切。他也避免让这些东西暴露在大部分人的眼皮底下，从广东的海关开始便是如此。对于所有那些希望知道自己旅行时候所携带的箱子里究竟装了些什么的人，他都尽量地敬而远之。海轮上一共有两个货舱，而他将箱子放到其中一个货舱通风最好的地方：这便是秘密之所在！

……

那位河内的商人有个奇怪的点子，他希望自己能够活上两百岁，而他父亲则立誓要起码活上三百个春秋。每天他都会出现在河内的还剑湖畔，同一只神秘的甲鱼进行交谈。似乎它在湖面上的每一次现身，都会是件幸福的事儿。坦率地说，他从来都没有看到过它，这边一个漩涡，那边又泛起阵阵的涟漪，也许这些稍纵即逝的波纹，只是由鸟儿们的排泄物所引起的。这便是他所见的一切了。然而他却感觉到甲鱼就在这里，

人们告诉过他，那甲鱼已经活了几百年了。为何它们
能够如此长寿？当邻居们和朋友们，都在日常的劳作
中根本抽不出身的时候，他却投入了某项宏伟的研究
之中。他从法国侵略者所出版的书籍里以及在中国和
日本印刷的大量文献里，获取了很多知识——这个小
伙子也可以说是颇有学识了——他试着将所有这些信
息的要素分门别类，并且将人类衰老的理由一一地罗
列了出来。说到抵抗衰老，首先要活着……像一只甲
鱼那样，当然一定是那只传说中的甲鱼，绝不是那些
成为人们盘中餐的甲鱼！这样说来，传说中的甲鱼一
定不会有很多，当然还剑湖里的便是其中之一。可哪
怕是把嘴或者是让突起的壳露出湖面，它还都老大不
愿意呢。

　　商人的父亲仅仅活了五十岁便去世了。根据签署
死亡证明的医生所述，他活到了一只乌龟通常寿命的
一半……

　　儿子接过了父亲的衣钵，然而不同于父亲从书本
中寻找合理依据并且加以发展的做法，他本人则更多
地向自己的商业伙伴和自己所认识的其他商人取经。
起初，这些探究的结果是令人失望的。直到有一天，他认识了一位来自澳门的专门出售熏制龟鳖肉类的商人。那时候，对于那些长途跋涉的船队雇员来说，坏血病是毁灭性的。起初人们说，柠檬是克服坏血病的最好方式。然而一位英国医生提出了不同的看法，并且被很多人视作是个绝妙的点子。他认为人们应该对古法更加信赖，其中就包括为海上航行的船员们提供甲鱼肉所炖制的汤。

这两位商人有种相见恨晚之感，于是澳门商人最终将他新近认识的朋友带到了印度洋，来到了赤道南边英国人所占领的一个岛屿，那里的龟类真可谓是成群结队。如果观察下那些最大的龟类，从龟壳的纹路上进行判断的话，它们也许已经活了几个世纪之久了。不过那位来自澳门的商人并没有去观察这些生物。因为在他看起来真有些奇怪。不过如果有人希望能够买一对龟的话，他也答应在下一次前往那里的旅程归来之后，为他带上他所要的。然而，他却并不希望将那些印度洋的龟类带回越南，因为没有什么比法国人的海关总署更加令人扫兴了。对此早有体会的他，曾经立下誓言决不会在海关里从事任何工作，也不会挂着法国人的旗帜扬帆出海。

　　就像他的父亲那样，河内的商人从书里学到了很多东西，尤其令他兴意盎然的是一则传奇故事。那是一个发生在秦朝的故事：一直都被生老病死所困扰的秦始皇，多次发动人手，希望能够寻找到隐居于山川之间的仙人。他的寻访一次比一次疯狂。秦始皇也因此建造了一条笔直的大道，从他的宫殿径直通往大山的脚下，又修建了步行三万六千步的石阶通向山顶。秦始皇亲自前往，排场盛大，以期能够遇到几位仙人。然而这一切都属徒劳，他连一个神仙的影子都没有见着，怒火中烧的他甚至想要把这座大山涂抹成红色（在那个年代，红色代表着苦役犯），并且要将这座大山夷为平地。然而，他的怒气却也并不会就此消散，因为当他想到自己终有一日将会驾崩，那种怒气和折磨便更加难以抑制。

　　秦始皇从他虚无的遐想中回到现实。他的目光又停留在金子、辰砂和良玉。这些东西几乎都是没法被腐蚀的，由此他不免想到，如果按照一些人的讲法，将这些不朽之物，同某些已经准备好的药丸或者是药剂，用某种配方混合起来，那么便能够制成延年益寿的妙药了。相比皇帝本人，更加热衷于此的或许是那些王公贵族和商人们，他们比皇帝更加糊涂。也可能是因为他可是一言九鼎的皇帝，一句话便可以赐死他们。秦始皇又下令，让一支船队从宁波下海驶向东方，因为根据某些他安插的探子的回报，在那里有三个岛，岛上居住着仙人。当然，为了确信这些汇报的内容不至于像猫儿撒尿这样小儿科，秦始皇还任命了一位名叫徐福①的方士，担任这支船队的总指挥。

　　然而此事却以痛苦的失败而告一段落。因为狡诈的徐福随即宣称，在茫茫大海之中遇到妖魔鬼怪并不奇怪。他曾经被那些鬼怪以最残酷的方式敲诈勒索，除非带三千童男童女在船上，否则灾祸难免。

　　皇帝又重新组织起了一支船队。如果这次方士还是未能成事的话，那些与此有关的人，下场也就可以想象了。后来，船队再也没有回到过宁波，而故事在民间传说里变成了这个样子：徐福和那些童男童女们，认为最安全的做法便是任由海风将他们带到某个能够安居乐业的地方，随后他们便来到了某个仙境，那里

---

　　①　徐福：嬴姓徐氏。即徐市，字君房，齐地琅琊人，秦朝著名方士。他博学多才，通晓医学、天文、航海等知识，后来被秦始皇派遣，出海采仙药，一去不返。

有许许多多的秘密，人们似乎也能够活很久很久，当
然最后依旧无法摆脱生老病死的宿命。

……除非这个传说没有为了让曾经真实发生的一
切不留下任何痕迹而被肆意地歪曲过。也许事实上，
船队早就已经在日本靠岸了（这也同此后几个世纪里，
人们所提出的各种假设毫不矛盾），并且在那里没有
遭遇到满怀敌意的当地人。在一个季节里，或许是一
个春季吧，便足够令得那些童男童女各自缔结良缘了，
而他们的子子孙孙也日渐增多，因而他们也不再想着
有朝一日，回到中土大地上去直面大发雷霆的皇帝了。
因为只有最不怕死的人，才会冒着杀头的危险去让皇
帝打消寻访灵丹妙药的念头。

当然，还有其他的一些见闻表明，徐福后来决
定仅仅驾驶着一艘平底帆船再次扬帆出海。他的方向
则是一路朝南，随后再转向西，抵达了另一个生灵活
跃的群岛。看上去，在人类的始祖被创造出来之前的
千百万年，这些生灵就已然来到了这片土地上。它们
肚子上的方块形状似乎便象征着中华大地，而圆形的
壳则唤起了人们对苍穹和宇宙的思绪，至于在肚子和
壳之间的，便是世界的其他部分了。

　　这些龟类可完全不同于人们在中国所发现的那些乌龟，它们从来不冬眠，这是因为在这个遥远的所在，冬天就从来没有存在过。它们是如此的长寿（徐福曾经从一位智者那儿获悉，三千年来，人们一直谈论着这种动物的长寿），这便是秦始皇一生都在追寻的真正的长生不老药啊，能够让他在尘世里的日子永远持续下去。

　　秦始皇始终都在期盼着他的方士能够满载而归，然而不久之后他也去见自己的先人了。他恰好活到了五十岁。很多人都说，那些在宫廷的池塘里嬉戏玩耍的锦鲤鱼，都能享受到比皇帝更长的生命！

　　……

　　在父亲遗留的物件当中，这位河内的商人发现了几块龟甲状物。他们看来是上古时代的遗物了。在他们上面写有不少的表意文字。当地一位德高望重的汉学家在经过鉴定之后，将它视作是某种可信度很高的证据，证明了这些遥远的小岛上有过人类活动的痕迹，以及那次在皇帝的诏令之下进行的航海之旅确实发生

过，而航行的重点是在非洲。更加无巧不成书的是，
就在十五个世纪之后，郑和将军接触到了这一系列的
文献记录，而他也暗自立誓要重新寻找到这个群岛。
这另一段往事，便同另外的一块龟甲息息相关了。至
于商人的父亲是如何收集起这些龟甲的，那便真的无
从查考了。不过有不少趋之若鹜的收藏家，都前来要
求他将这些珍品估价出售。在那个年代里，无论是在
中国，还是在中南半岛一带，走私被盗文物的各种行
径使得世界各地的掠夺者鼓起了腰包。

"特别的种类，越是特别的种类越是合我的意，
无论是身长、体态、龟毛……还是眼睛……还有姿态
上的特别都行。"

澳门商人在那时真有点目瞪口呆了，不过他很快
就反应了过来。

"我们现在谈论的是一对象龟，难道不是吗？您
不会在说某种我根本不知道的神话传说中的灵兽吧！"

"是啊，确实是一对……不过是一对这样的象龟，
而绝不是其他任何物种……"

交易便以这样的方式达成了。这便是越南的商人
在临终前，向王颇所吐露的东西。人们如今已经再明

白不过了，在整个回家的航海旅行里，他用了那么奢华的排场，小心照顾着的究竟是什么，而当他秘密地潜回中国之时，他也不得不从口袋里掏出些东西来，使得海关官员们能够忽略核实船上的这批货物。他所继承的，是一对大型的象龟。

王颇一度将这对象龟藏在自己的一位朋友那里。那位朋友在温州市于1876年宣告开埠之后，通过出口茶叶而获利丰厚。这位朋友也并没有去看那对象龟，毕竟茶叶作坊里的那些工作都让他自顾不暇了。他的作坊位于一个名为古竹的山谷中心，那里的茶叶自从唐代以来便享有美誉。

王颇最终在距离里美山中心地带有些距离的地方，买下了一间大宅，并且重新修缮了一番。在花园的尽头，他筑起了一面围墙。这个花园本身，便已经令他的大房子颇显名家的气派了。花园紧邻着小山丘，这也为龟类提供了一片天然的庇护所。毕竟从温州搬家到里美山，可不是件小事情。这要花上几天几夜才能够完事。而当它们已然习惯于在中国海岸边的生活之后，那些龟儿表现出了不少"美好的愿望"，尤其是在它们定居里美山之后的最初几周里，它们相对还是太平的。

　　然而在一个晴朗的日子里，有一个流动商贩开始在王颇家的周围荡来荡去。杭州一位财大气粗的餐饮店老板重金聘请了他，那位蒙古裔的老板，对他在宁波那些同行如此飞黄腾达，以及"状元甲鱼"取得了从未有过的成功，不免心生嫉妒。同样的，他也想要能够做出一道尽管不像软壳甲鱼那样富含蛋白质，但某种程度上更具男性气质的甲鱼餐。而通过这道餐，也能够给人们带来幸运，当然这并非是预祝那些赶赴科举考场的仕子们金榜题名，而是为了带给那些将要在帝国的武举考试中一展身手的人们马到功成的好运。他饭店里的特色菜，是呼梳乌尔摊饼和蒙古包子。他还改进了做饺子的食材，用甲鱼肉取代了羊肉、牛肉或者是牦牛肉做馅。尽管那些菜肴的价格还算合情合理，然而他所面对的那群客人却依旧非常挑剔，尤其是对肉里的脂肪含量挑三拣四。他的这群顾客往往很容易暴躁，何况他们这群身怀武艺的人，能够在第一时间便区分出草原上的狗儿多筋的肉，或者是老鼠和狐狸那令人疑虑的味道。所以，要伺候这些帝国的未来军官们还真不容易。他们时不时就尝出肉里有下水道或者是海鲜的味道，甚至说，即便将家用的水换作是牛奶蒸馏的水，换作是奶茶，或者是一小壶发酵过的马奶都是如此。它们一样比一样更加辛辣，在品尝饺子的时候，简直就是再好不过的搭配。

为了把握住所有机遇，他甚至将旅舍的名字都改了。这个从前被称为"蒙古好汤"的旅店，墙面已经满是裂缝，那里还挂着一幅书法作品，但写的是什么已经不能确定了。然而那幅书法依旧可以读作"武则天万福金安庙"，这位唐朝的女皇帝便是武举考试的首创者了。显然这是完美无缺的，因为即便是旅舍老板本人，他也曾经试着参加武举考试。《孙子兵法》他也能够倒背如流。因此，他在来往于各桌宾客之间时，还不停地提到孙子的名号。

他的处事风格如此独断专行，时时都以司令官来自居。"将战斗的阵列作为你们的归宿吧，这方才是大道啊。"对于那些向往有朝一日在军旅生涯里建功立业的年轻人，他总是说着这样的话。这也是他的未竟之志，以及对于成为一名战士的向往之情。那些年轻人在听到了他的这番豪言壮语后，也不禁会心花怒放，再多点上一道名叫"武状元甲鱼"的菜。然而，他也会避免同他们谈及自己那未竟的雄心。因为那时，

在饱受痔疮之苦的情况下，他被众人劝阻，没有去参加坐在飞奔的马背上的骑射考试。

所有的生意都还算顺利，然而当硬壳的甲鱼开始出现短缺的时候，一切便不一样了。无论是在杭州，还是在绍兴、海宁、乌镇，甚至是千岛湖和嵊州的市场上，他都无法进到食材。在绝望的心情下，某种直觉突然从旅店老板的心头划过，为何不从《孙子兵法》当中获得一些启迪，去践行书中所提到的"势"的原则，即派遣一些捐客——他们既是流动商贩，也算是自己的眼线吧——去温州看看。毕竟储备龟类的重要，他心知肚明。而如果一旦成事，那么他的顾客们与日俱增的需求便能够立即得到满足了。

……

王颀发现了那位流动商贩，便礼貌地走到他身旁。

"有什么我能帮你的吗？"

而后者则向围着王颀家宅的围墙走了过来。

"我听到了一阵……不同寻常的格格笑声……"

"是啊，在墙的后面，我饲养着母鸡还有小火鸡呢……"

　　"说句实话，这同样像是一阵尖叫的声音……"

　　"您说的没错，我的确还养了一些猪……它们时而尖叫，时而又低吼！"

　　"还有咝咝的声音……"

　　"很不幸！肯定是有条蛇盯上您了！"

　　"但是……这又像是吱嘎吱嘎的声音……"

　　"我们现在是在山的侧面，这里有很多的蝙蝠啊……"

　　"好吧，我说不过您了……"

　　商贩便这样离去了，他这样不带一点疑心地离开也让王颇感到有些不自在，不过几分钟之后，他又折返回来。

　　"我的脑子都去哪儿了！这声音，分明就是像喘气的声音嘛！"

　　"您听着，我的耐心可不是无边无际的。在我们里美山，有嗡嗡作响的蜜蜂，有大喊大叫的驴子，有阵阵吠声的狗犬，甚至当您走上回去的道路时，您还会听到熊的咆哮之声！您说的喘气声对吧？也许是那头我租借给村里农民的老水牛所发出的声音吧！"

　　对方沉默了，一句话也不多说，而里美山的人们，

在这一天也再没见过他。

起码没有再看到活着的他。

……

翌日早晨，王颇便在花园的尽头，发现了那位商人的尸体。他已经没有任何生命的气息了，是被拖到一块巨石下压死的。这个男人那么强壮，所以至少需要两对臂膀，方能将他推过去并且压在石头下面。何况根据现场的情形，似乎并没有打斗的痕迹，没有任何的伤痕，然而他的眼睛却瞪得如此之大，以至于超过了原来的尺寸，而且看上去，他像是在一瞬间突然动弹不得了，而这便足以令他的瞳孔，在恐惧和惊讶之中变得如此之大了。

对于自己应该如何处理此事，王颇是心知肚明。他叫上了村长以及村里的长老，在他家中召开了一个闭门的会议。他向他们解释所发生的情况，以及那些龟类是如何为他所拥有的，随后他便打开了花园的大门。看来这扇门的铰链已经很久没有上油了，因而每当他开启或者关闭这扇门的时候，都会有一阵如格格笑声、如吱吱尖叫、如咝咝吐舌，或是嘎吱嘎吱地作响，甚至是喘气的声音——屋外，这声音依旧回响不绝。

没有任何疑问的是，那个商贩爬过了墙，在没有得到准许的情况下，于晚间潜入了王颇的宅子。

……

然而对于尸体，村民们却意兴阑珊。

因为当他们见到那里的象龟时，他们惊呆了。

他们都呆立在当地，彼此之间则靠得越来越近了。村长吓得脸色发青，这眼色就像只梨一样，随即又泛出了阵阵的蓝色，像是李子的颜色，最后，他的脸又被染成了深红色，就像是森林里的枣红马一样。然后，他万分惊愕地往后退了两步，随即又怯怯地前进了一步。他抓住了王颇的手，这让后者感觉到，看他那样子，他似乎正想要做出抵抗的动作。而此时这一群人却开始溃散开来，急于摆脱当下的处境。

俗话说龙生九子，如今九位龙子中的一位就站在这儿，就站在他们跟前！

赑屃[1]！

而且他还有一位孪生兄弟！不，一位孪生姐妹！不……是一群孪生兄弟姐妹！

因为那两只巨大的象龟，即便在村民们越发靠近它们的时候，都依旧在交配。

村长决定要庄重地对待此事，他即兴发表了一番演说，却遗憾地发现，听众是如此稀少。

"我的朋友们，我亲爱的朋友们，诸位想必对我已经是非常了解的了，只有当自己被一番激烈的情绪所左右的时候，我才会像李子树那样全身泛蓝。要我说，这对于里美山来说，可是一个极为优厚的待遇。因为如今，我们有两位赑屃，支撑着这座空心的大山，而我们里美山便建造在这座大山之上。请诸位看看它们的头部，看看它们的颈部吧——在这一刻不妨别去记住它们是如何沉醉于自己的消遣之中的——这难道不像是脖子吗？这难道一点都不像是龙首吗？至于它们身体的其他部分，无论是巨大的体型还是毛发，则更像是一只象龟！我们不妨痛饮一番，并且为它们的健

---

[1] 赑屃：古代汉族神话传说中龙之九子之一，又名霸下。形似龟，好负重，长年累月地驮载着石碑。

康干杯吧！这便是那些已经有一万岁的传说物种了！
那位打扰它们歇息的不幸来客，如今已经受到了应得
的惩罚，而我们应该为里美山的好运再次干杯！从此
以后，来自全国各地的人们，将会把通往我们村落的
道路挤得水泄不通，只为了能够碰一碰被我们保护着
的那两只赑屃。因为我们可不要忘了，赑屃，是长寿
最有力的象征之一。同样的，它也是文人的保护神，
能够给他们带来好运。不久以后，来往此处的人们便
会络绎不绝，他们来这里恭恭敬敬地向我们的神物致
以敬意，而且我们还能够借此收取很多门票，起码赚
取很多的利润，我说起码……"

　　王颁打断了他的话。

　　"千万别这么做，因为这不会让我们获得任何的
好处！如果这些流言蜚语在整个县里不断流传的话，
只消得几日的时光，那些义乌、金华还有兰溪的行政
长官们，便会派遣他们的部队前来列阵包围这两只赑
屃。因为所有人都希望能够将它们进贡给行省的长官，
而省长本人呢，也会在前往京师的路途上同其他那些
行政官员明争暗斗，以期可以将它们进献给天子，赢
得巨大的荣光。而天子本人也将会同他的家人们进行

一番争论，因为如此声势惊人的宫廷仪式，只有皇帝才配享有，而皇帝最后也会把飖飏丢给自己的列祖列宗作为守护神。"

一位老人走到了王颇身边。

"我想，大家可以依旧可以用干杯来欢迎它们的到来！它们的寿命似乎已经足够让人确信，它们的健康状况无须担心！所以，为了我们自己的健康，先干为敬吧，我所关心的是，我的喉咙总会干渴……"

村长显得有些不快，不过随即便微笑起来。

"小王，你说得颇有道理啊，我相信有朝一日，你可以继承我的位置，成为我们村的领路人。我之前所说的那些话，实在是太异想天开了，不过非常真诚地说，我们并不该抱怨什么，因为里美山一直都承蒙着神明们的眷顾。我们所有人都感谢着土地公公。如今我们更应该感谢神明的庇佑！那么，不要对任何人说起关于飖飏的事情，只有对我们最亲近的人才能提起。而这两只飖飏，也将会成为我们所有的秘密当中，最不为人知的一个。当然，在它们的窝边，我们还是要种植上一些茉莉花，因为这种野兽的味道能够杀死苍蝇。你们难道没发现吗？"

刚刚说话的老人点头表示赞同，随即他又添上了一句话。

"是啊，这对我的喉咙也有好处……既然说到了喉咙，那么我提议我们来个行酒令吧！"

……

数十年过去了，在中华人民共和国宣告成立的前夕，已经将近百岁的王颇老人，将村子里所有的老人们都聚集到了一起。

"那个秘密存在的时光，已经快要赶上我的岁数了，而它理应在我作古之后依旧存在于世。我们的赑屃健康状况依旧出色，因而我们还是要继续保守这个秘密，不要向外人透露它们便生活在我们之中。那里的门锁已经上过油了，茉莉花遍地都是，对于我们来说，让它们生活在悄无声息之中便是我们需要做的。这件事，应当成为村民们团结一致的缘由。谢谢大家！"

所有人都能够同赑屃偷偷地交谈，而自此以后在里美山所定下的规矩，便是男人们能够在周六和周日，享受与赑屃交流的特权，而女人们呢，一周里的每一

天她们都不受限制。确实，她们比起他们，有更多的事情想要同飚屃们倾诉，而也有更多的小事想要倾听它们的回答。

……

这个在里美山最守口如瓶的秘密，直到什么时候才能公诸天下……

嘘……

任何时候，这个秘密都不能泄露出去。

因为那些象龟们还活着呢！

也许，这已经不再是里美山人最守口如瓶的一个秘密了……